DREAMBOOKS

박정수 판타지 장편소설

FANTASYSTORY & ADVENTURE

뱀파이어 무림에 가다

9

dream books
드림북스

뱀파이어 무림에 가다 9

초판 1쇄 인쇄 / 2014년 12월 24일
초판 1쇄 발행 / 2015년 1월 2일

지은이 / 박정수

발행인 / 오영배
책임편집 / 편집부
펴낸 곳 / (주)삼양출판사 · 드림북스

주소 / 서울특별시 강북구 솔샘로67길 92
대표 전화 / 02-980-2112 팩스 / 02-983-0660
편집부 전화 / 02-980-2116 팩스 / 02-983-8201
블로그 / blog.naver.com/dreambookss

등록번호 / 제9-00046호
등록일자 / 1999년 3월 11일

값 8,000원

ISBN 979-11-313-0132-6 (04810) / 978-89-542-5304-8 (세트)

* 지은이와 협의하에 인지는 생략합니다.
* 잘못된 책은 구입한 곳에서 바꾸어 드립니다.

이 도서의 국립중앙도서관 출판시도서목록(CIP)은 서지정보유통지원시스템홈페이지(http://seoji.nl.go.kr)와 국가자료공동목록시스템(http://www.nl.go.kr/kolisnet)에서 이용하실 수 있습니다. **(CIP제어번호: 2014037756)**

뱀파이어
무림에 가다

박정수 판타지 장편소설

FANTASYSTORY & ADVENTURE

9

Vampire

dream
books
드림북스

Contents

제1장. 그대들을 즐거운 전장으로 안내하겠습니다 | 007

제2장. 빈집털이가 재미있어 보이는군요 | 033

제3장. 소림사를 지울 것입니다 | 051

제4장. 그대의 아름다움에 경의를 표합니다만 | 071

제5장. 제 말 잘 들으셔야 합니다 | 091

제6장. 주춧돌까지 태워버려야겠습니다 | 111

제7장. 그대들의 이름, 오늘부로 사라질 겁니다 | 129

제8장. 이보다 근사한 모닥불은 없을 겁니다 | 149

제9장. 무림을 더욱 혼란스럽게 만드세요 | 175

제10장. 처음 인사를 드리는군요. 본인이 당대의 갈리오스 공작입니다 | 203

제11장. 이제 얼마 안 남았군요 | 225

제12장. 본인이 가지지 못하는 것은 부숩니다 | 257

뱀파이어
무림에 가다
Vampire

제1장

그대들을 즐거운 전장으로 안내하겠습니다

"신의 영광이 이 땅에서 빛나리!"

"신의 영광이 이 땅에서 빛나리!"

"신의 영광이 이 땅에서 빛나리!"

후미에 선 사제들이 무릎을 꿇고 양손을 포개고는 하늘을 올려다보며 합창했다. 신성력을 담은 찬송이 사방으로 울려 퍼졌다.

귀가 아닌 머릿속을 울리는 웅장한 목소리와 그 안에 담긴 항마력에 천마는 허공을 밟다 휘청이며 미간을 찌푸렸다.

불가 혹은 도가의 항마력과는 또 다른 항마력.

불가와 도가의 항마력이 광대하고 무겁다면 색목인들의 항마력은 날카롭고 광폭했다. 마치 따르지 않는 이교에게는 잔인한 칼날을 휘둘러 버리겠다는 듯 말이다.

고작 사자후(獅子吼)쯤이야.

천마 천지악은 입가에는 조소를, 눈에는 잔혹한 살심을 드러내며 한 무리의 무인들, 기사들을 향해 몸을 날렸다.

서걱!

천마는 괴이한 철제 갑옷을 입은 기사를 단칼에 양단하며 핏물조차 맺히지 않은 묵빛 검강으로 주변의 기사들을 휘감아 난도질하려 했다.

그때.

"신의 전사들은 검을 들라!"

"신의 전사들은 검을 들라!"

"신의 전사들은 검을 들라!"

사제들의 후창!

쿠웅!

거대한 울림이 천지를 흔들었다. 그 울림에 천마의 몸도 다시금 휘청였고, 단단하게 솟아 있던 묵빛 검강도 아주 짧은 시간이었지만 아지랑이처럼 흔들렸다.

"갈!"

천마는 천마후로 온몸을 옥죄는 항마력을 갈가리 찢어버

리며 다시 검을 들었다.

후우우우우우—

아이들의 영롱한 목소리처럼 들리는 음성이 하늘에서 내려앉는 동시에 사제들의 몸에서 은은한 금빛 섬광이 터졌다. 그 섬광은 기사들과 병사들의 몸으로 스며들었다.

"하앗!"

동시에 천마 천지악도 난폭하게 사방으로 검을 휘둘렀다.

쐐아아아아!

사방으로 묵빛 검강이 휘몰아치며 십여 명의 기사들의 몸을 휘감았다.

새빨간 핏물이 사방으로 비산할 것이라 의심의 여지가 없는 상황.

그러나.

콰과과과과곽!

둔탁한 격음이 만들어졌고, 시뻘건 핏물 대신 금빛 서기(瑞氣)가 터져 나왔다.

파바바바밧!

금빛 서기와 묵빛 검강이 맞부딪히며 시퍼런 불꽃이 사방으로 튀었다.

천마 천지악은 눈가를 일그러트렸다.

가로막은 색목인들의 무력은 기껏 일류 마인이나 절정 마두 정도다. 그런 자들이 자신의 검을 막아선 것이다.

비록 오성의 내력과 단순한 검 궤적이었지만 이들의 수준으로 막아설 수 있는 정도는 아니었다.

적어도 극마지경, 화경 급에나 들어서야 맞설 수 있는 파괴력이었다.

'내력도 아닌 이능의 검강이라.'

서서히 좁혀 오는 기사들의 검에 담긴 금빛 검강을 보며 천마 천지악은 눈매를 가늘게 치켜세웠다.

분명 기를 수반한 내력에 의한 검강은 아니었다.

그런 천마 천지악의 눈에 기사들의 뒤에서 무릎을 꿇고 알 수 없는 언어로 기도를 드리고 있는 사제들이 보였다.

단숨에 그는 저들이 기분 나쁜 항마력을 내뿜는 원흉이라는 사실을 직감으로 알아차렸다.

이내 천마 천지악의 눈살이 찌푸려졌다.

기분 나쁜 감정의 원인이 위화감이라는 사실을 인지한 까닭이었다.

그 위화감은 온몸으로 울부짖으며 기도하는 사제들과 불길에 뛰어드는 불나방처럼 제 몸을 내던지는 기사들 그리고 병사들의 눈에 드러난 광기 때문이었다.

쐐애애애액!

그리고 그 광기를 여지없이 드러낸 기사들의 공격.

카가가가강!

천마 천지악은 그 검들을 자연스러운 궤적으로 막아낸 후 뒤로 물러났다.

"크하하하하하하!"

그리고는 광소를 터트렸다.

"그래, 본교와 본좌에게 대들려면 그 정도는 되어야지."

시원한 웃음과 달리 천마 천지악의 눈에서는 무형을 넘어선 유형의 살기가 내뿜어졌다.

그 눈빛을 고스란히 받은 기사들은 한순간 공포에 사로잡혀 움찔거렸지만.

"주께서 함께하시니!"

"주께서 함께하시니!"

"주께서 함께하시니!"

신을 향한 마음으로 흔들리는 마음을 강건하게 세우자 요동치는 눈동자도 굳건해졌다. 그리고 한 치의 망설임 없이 천마 천지악을 향해 달려들었다.

그 말을 알아듣지는 못했지만 짐작이 되었다.

교인들도 마지막 생을 불태울 때 흔들리는 마음을 다잡기 위해 마교의 천세나 아수라의 현신, 혹은 천마의 위대함을 외치며 기세를 불태우니 말이다.

모르긴 몰라도 저들의 신을 향한 외침이리라.

"태워주겠다. 너희들과 너희들의 신을!"

천마 천지악은 내력을 천마신공의 구결로 이끌며 폭사시켰다. 그러나 광폭한 기운은 오히려 사그라졌다. 기운이 완전히 사라진 것은 아니었다.

동시에 검강의 크기도 줄어들었다.

그러나 그건 단지 눈에 보이는 것일 뿐.

콰장창창창!

천마 천지악의 일검에 가장 먼저 검을 베어오던 홀리 오러가 담긴 기사의 검이 단숨에 부서졌다.

서걱!

이어 그의 목은 주인을 잃고 피를 뿌리며 허공으로 튀었다.

쐐애애애액!

그리고 천마 천지악이 이어 만들어낸 검의 반월.

기사들은 빠르게 방패를 들어 몸을 방어했다. 그들의 방패에도 금빛 서기가 만들어낸 홀리 오러가 빛을 발하고 있었다.

신이 막아준다!

그 하나의 믿음으로 기사들은 검을 움켜잡았다.

파직!

매끈하게 이어지던 천마 천지악의 묵빛 검강에 금이 갔다.

천마 천지악은 서서히 부서지는 묵빛 검강을 거두며 더욱 빠르게 허공을 갈랐다.

팡!

허공이 갈리는 순간 묵빛 검강은 부서지듯 터졌고, 묵빛 검강 파편들은 기사들을 향해 폭사되었다.

검탄(劍彈).

콰과과과과과광—

묵빛 검강의 파편은 홀리 오러를 깨트렸고, 부서지는 금빛 잔재 속에 드러난 방패를 여지없이 꿰뚫었다. 그리고 적게는 두세 개에서 많게는 십여 개의 묵빛 검강 파편들이 기사들의 몸을 갈가리 찢어발겼다.

"으아아악!"

"끄아악!"

"흐아아아악!"

방패는 산산이 부서져 사방으로 튀었고, 그들의 육신은 원형을 알아보기 어려울 정도로 짓이겨졌다. 그리고 마지막으로 그들의 피는 마치 안개처럼 사방으로 흩날렸다.

마치 혈무가 낀 것처럼.

저벅.

천마 천지악이 핏물이 고인 질퍽한 땅에 걸음을 내딛자,

스아아아—

마치 혈무가 무서움에 떨듯 천마 천지악을 피해 갈라졌다.

그가 내딛는 걸음 수만큼 그를 에워싼 기사들의 걸음도 뒤로 밀려났다.

"음?"

천마 천지악은 뒤로 물러나는 이들 사이로 걸어 나오는 이를 보며 흥미로운 눈빛을 띠었다.

다부진 체구에 강한 기운이 느껴지는 사내는 바로 신성기사단 총기사단장 하멜이었다.

스르릉!

그가 위화감이 느껴질 정도로 거대한 검을 뽑아들었다.

"흥미로운 검이군."

그의 검을 바라보는 천마 천지악의 눈은 빛나고 있었다.

* * *

"음?"

야현은 하늘도 없고 땅도 없는 온통 새하얀 풍경에 눈살을 찌푸렸다.

“흠.”

무거운 침음성이 이내 그의 입에서 흘러나왔다.

눈앞에 펼쳐진 새하얀 색, 알고 보니 검다. 너무나도 순수하게 검어 새하얗다고 느꼈던 것이다.

친근하고 포근하지만, 그렇기에 위화감이 든다.

왜냐하면, 몸과 마음이 나른해질 정도로 편하게 느껴졌기 때문이었다.

싸아아아악!

바람 소리도 아니다.

그런데 마치 바람 소리처럼 무언가가 귀에 들렸다. 아니, 눈으로 들었다고 해야 하나? 그 소리와 함께 눈앞의 풍경이 바뀌었다.

땅이 생기고 하늘이 생겼다.

조금은 밝은 회색, 그리고 타고 남은 재처럼 탁해 보이는 땅. 그리고 흰색에서 검은빛을 토해내는 태양까지.

스르르륵!

다시 들려온, 아니 보이는 소리와 함께 탁자와 의자가 앞에 만들어졌다.

“앉지.”

뒤에서 들려온 소리에 야현의 눈동자가 짧게 흔들렸다. 그러나 이내 침착하게 표정을 지우며 고개를 돌렸다.

뒤에는 가고일의 왕 갈리오스가 서 있었다.

"피?"

빈손이었던 그의 손에 맑은 유리잔이 생겼고, 그 잔 안에 붉은 피가 담겼다.

갈리오스는 야현에게 피가 담긴 잔을 넘기며 의자에 앉았다. 어느새 그의 손에는 또 다른 잔이 들려 있었다.

"본작은 와인이오."

"인간이 된 모양입니다."

야현의 말에 갈리오스는 쓴웃음을 지었다가 이내 밝은 표정으로 양팔을 들어 주변을 가리켰다.

"어떤가? 이곳이?"

"천연의 땅. 순수한 마기. 아늑한 어둠. 좋습니다. 너무나도 마음에 들어 위화감이 들 정도입니다."

"그렇소?"

득의양양하게 묻는 갈리오스는 입가에는 미소가 지어져 있었지만, 눈은 처연했다.

"우리의 고향이오."

마계.

그리고 가고일의 영역일 것이다.

그러나 마계에 갈 수 없으니 이곳은 짐작대로 그의 심상 속이거나, 혹은 그가 만들어낸 가상의 장소일 것이다.

“……”

위로의 말을 할 위인도 아니고, 그렇다고 화제를 돌릴 정도로 말주변이 있는 편도 아니어서 야현은 그저 고개를 가볍게 끄덕이며 피를 마셨다.

“그럭저럭 맛이 나지 않소?”

“의미 없는 행위지만 나쁘지는 않군요.”

야현은 잔을 말끔히 비웠다.

“한 잔 더 하시겠소?”

갈리오스의 권유.

야현은 그런 그를 빤히 쳐다보다 입꼬리를 말아 올렸다.

한없이 슬프면서도 여유로운 저 몸짓에서 야현은 그의 생각을 읽어냈다.

저런 행동을 한다는 것은.

‘죽음이지.’

그는 죽기로 마음을 먹은 것이다.

“이런 여유도 나쁘지 않군요.”

하지만 내색할 이유는 없다.

객관적으로 갈리오스의 힘은 자신보다 강하다. 그런 그가 알아서 목을 내놓겠다는데 굳이 도발할 필요는 없다.

“와인으로 한 잔 부탁하지요.”

갈리오스는 의외라는 표정으로 야현의 빈 잔을 채워주었

다.

"이건."

"그대가 가장 맛있게 먹었던 그 와인이 맞네."

"다시는 맛보지 못할 거라 생각했었는데, 고맙습니다."

"흡족하다면 다행이오."

갈리오스 공작은 희미한 미소를 지으며 나직이 속삭였다.

"본작의 기억이 틀리지 않다면 성 지하 창고에 두 병이 더 있소. 훗날 마실 수 있다면 마시시오."

웃음이 나와도 시원찮을 판에 야현의 얼굴은 빠르게 굳어졌다.

"크크크."

야현은 웃을 수밖에 없었다.

그러면 그렇지.

"이기시오. 이겨낸다면 모든 게 그대의 것이 되니."

꿈에서 깨어나듯 주변 풍경이 빠르게 무너져 내렸고, 그것들은 먼지가 되어 사라졌다.

다시 나타난 순흑의 풍경.

"왜, 라고 물어봐도 되겠습니까?"

아무것도 없는 세상, 그곳에 야현과 갈리오스 둘만이 서 있었다.

"질문이 늦었소."

"문득 물어봐야 하는 게 아닌가 싶었습니다."

"이유라."

갈리오스는 잠시 뜸을 들였다가 입을 뗐다.

"무의미한 시간을 이제는 버릴 때가 되었을 뿐이오."

갈리오스는 허공에서 야현에게로 시선을 옮겼다.

"그대가 오지 않았다면 무의미한 시간을 보내고 있었겠지."

"누구였든지 상관없었다는 뜻이로군요."

"자격만 갖췄다면야. 기분 나쁘시오?"

갈리오스의 물음에 야현은 미소를 드러냈다.

"그럴 리가. 오히려 기분이 좋습니다."

"……?"

"손쉽게 손에 쥘 수 있는데 기분이 나쁠 이유가 있겠습니까?"

"하하하하하하!"

야현의 대답에 갈리오스가 시원한 웃음을 터트렸다.

"그래도 웃음을 터트리고 갈 수 있게 하는구려."

갈리오스는 웃음 뒤 표정을 굳혔다.

"부디 살아남기를."

마지막 말에 야현의 얼굴에는 긴장감이 만들어졌다.

사아악—

갈리오스의 몸도 이내 부서져 가루가 되었다. 그 가루는 바람에 실려 오듯 날아와 야현의 몸으로 스며들었다.

"흡!"

짧은 숨결과 동시에 야현의 눈이 부릅떠졌다.

눈동자는 파르르 떨렸다.

지독한 고통 때문이다.

"크으으으!"

의지와 달리 입술이 벌어지며 꽉 맞물린 이빨 사이로 신음이 흘러나왔다.

고통이 얼마나 지독한지 꽉 깨문 이빨 사이로 핏물이 주르르 흘러내렸다.

부릅뜬 눈의 핏줄도 터진 듯 피가 눈물처럼 흘러내렸고, 마치 그것이 계기가 된 것처럼 온몸에 돋아난 핏줄이 터졌다.

쫘악!

야현의 몸은 순식간에 피로 물들었다.

고통에 다리가 부들부들 떨렸지만, 야현의 무릎은 꺾이지 않았다.

그렇다고 고통이 어디 가는 것은 아니었다.

다만 꺾이지 않았을 뿐.

고통이 온몸을 갉아먹을수록, 고통이 더욱 지독해질수록 야현은 어금니를 깨물고 참았다.

파직!

결국 어금니가 부서졌다.

핏물이 입가를 타고 주르르 흘러내렸다.

야현의 눈이 서서히 감겼다.

그의 몸이 무너지는가 싶은 그 순간.

야현이 다시 눈을 부릅떠졌다.

동시에 그의 몸은 무너지기 시작했다.

천천히, 천천히.

조금씩 빠르게, 빠르게.

"크하하하하하하!"

그러나 야현이 웃음을 터트렸다.

광기 어린 웃음은 어느 때보다 오연했다.

지지 않은 웃음, 승자의 웃음이었다.

'무너져라! 어서 무너져라!'

야현은 무너지는 몸에 격앙되었다.

그와의, 아니 그의 힘에 져서 몸이 무너진 것이 아니었다.

이겨내고 있었기에, 이겨가고 있었기에 무너지는 것이다.

사아아아아—

야현의 몸이 갈라지고 부서지더니.

팍!

일순간 가루가 되어 사라졌다.

*　　*　　*

붉은 피가 눈앞에 튀었다.

그 피를 뿌린 잘린 두 팔이 파닥거리며 바닥으로 떨어졌다.

뿌려진 피는 자신의 피요, 잘린 팔도 자신의 팔이었다.

하멜 총기사단장은 믿기지 않는 현실을 받아들이기 어려운 듯 눈동자가 초점을 맞추지 못하고 흔들렸다.

"크흑!"

그러나 이 모든 것들이 사실임을 증명이라도 하듯 지독한 고통이 하멜 총기사단장의 몸을 할퀴었다.

서걱!

팔에서 느껴지던 고통이 다리로 이어졌다.

두 다리가 잘리며 하멜 총기사단장의 몸은 땅바닥에 처박혔다.

"죽여라!"

천마 천지악은 하멜 총기사단장의 외침에 진한 미소를 드러냈다. 그의 말을 알아들을 수는 없지만 그의 표정에서 뜻을 알 수 있었기 때문이었다.

"그대는 죽지 않아. 왜냐하면 본좌가 그대를 죽이지 않을 테니까."

하멜 총시가단장, 이 색목인은 자신의 말을 알아듣지 못하겠지만 상관없었다.

"너는 살아서 본좌를 위해 검을 들 것이다. 그 검은 너의 교단으로 향할 것이고."

천마 천지악은 지풍을 날려 그의 혈도를 짚어 눈을 감을 수 없게 만들었다.

쿠우우우우우—

그런 천마 천지악의 위로 수많은 불덩이들이 쏟아졌다.

오대 마탑에서 파병된 마법사들의 공격이었다.

"훗!"

천마 천지악은 가볍게 허공에 검을 휘둘렀다.

지잉!

가벼운 막이 천마 천지악 위에 우산이 드리우듯 만들어졌다.

콰과과과과과광!

화염이 가득한 폭발과 폭음이 검막 위에서 터져 나갔다.

하멜 총기사단장은 죽음을 예상했지만 그건 단지 예상이었을 뿐이었다.

감아지지 않는 눈에 검막 위에서 흘러내리는 불덩이들이 보였다.

'시, 실드. 아니야, 저건 실드가 아니야!'

하멜 총기사단장은 어렴풋이 검막의 정체를 알아차렸다.

'잘못되었다. 뭔가 잘못되었어!'

허나 단지 그는 생각만 하고 있을 뿐. 그는 말 한 마디는 커녕 눈조차 감을 수 없는 목석이나 다름없었다.

'주여! 저 악마를, 저 악마가!'

그가 할 수 있는 것이라고는 주신 크뤼엘의 이름을 부르며 눈물을 흘리는 것뿐이었다.

팟!

하멜 총기사단장은 눈물에 얼룩진 눈으로 화염을 뚫고 솟아오르는 천마 천지악의 뒷모습을 볼 수밖에 없었다.

찌이이잉!

천마를 상징하는 천마검이 거센 내력에 울부짖었다.

"차하앗!"

천마검법 최후식, 아수라파천무(阿修羅破天舞)가 그의 손에서 펼쳐졌다.

귀신들의 왕, 아수라가 세상을 무너트리는 춤.

그것을 추어내는 천마 천지악.

천마의 진정한 후계자, 그는 진정 인간의 탈을 벗은 듯 도저히 믿기지 않는 힘을 표출했다.

……!

오대 마탑의 인원 각 오십 명씩, 총 오대로 구성된 성전 마법병단 소속 마법사들이 서 있던 자리에서 스러졌다.

그 흔한 폭음도 없었고, 폭발도 없었다.

마치 세상에서 지워지듯 사라졌다.

먼지조차 남기지 않고!

애초 그 자리에 깊고 넓은 동공이 자리하고 있었다는 듯 지면마저 사라진 것이었다. 거대한 동공 위에서 천마 천지악은 그 아래를 내려다보며 조용히 입을 열었다.

"흑천대(黑天隊)!"

천마 천지악의 짧은 명에.

스으으윽!

천마성 성곽 위로 검은 피풍의를 휘날리는 마인들이 모습을 드러냈다.

그 수는 도합 오백.

"혈지대(血地隊)!"

붉은 피풍의의 마인들이 천마성 내 전각 지붕에 모습을

드러냈다.

그 수 또한 오백.

"현신대(現身隊)!"

이어서 검푸른 피풍의를 입은 오백 명의 마인들이 소리 없이 천마 천지악 주변에 모습을 드러냈다.

"흑천대주."

"하명하시옵소서."

"저들을 죽이라!"

천마 천지악의 명에 흑천대주의 눈이 광기에 사로잡혀 기도를 올리고 있는 사제들에게로 향했다.

"존명!"

이후 천마 천지악은 혈지대주와 현신대주를 바라보며 명을 내렸다.

"살려라! 가능하면 살려라! 팔다리쯤은 잘라도 좋다. 단 하나, 모든 것을 볼 수 있게 눈만은 다치지 않게 하라!"

"존명!"

"존명!"

혈지대, 현신대, 두 대주가 짧게 복명을 외쳤다.

"출(出)!"

"출(出)!"

"출(出)!"

대주들의 이어진 명에 흑천대, 혈지대, 현신대의 얼굴조차 드러내지 않은 피풍의들이 사방으로 흩어졌다.

"으아악!"

"주여! 주여! 주여! 끄아아악!"

가장 먼저 도살되기 시작한 것은 사제들이었다.

그들이 죽어 나감에 따라 신의 가호도 약해졌고, 신성력 약화는 기사들과 병사들의 힘도 약화로 이어졌다.

"내, 내 팔! 으아아악!"

"차, 차라리 죽여! 죽여!"

피와 고통으로 가득 찬 아수라장이 펼쳐지고.

"마의."

천마 천지악은 누군가를 조용히 불렀다.

"낄낄낄. 찾으시옵니까?"

저승사자처럼 검은 비단을 입은 곱추 노인이 미치광이 웃음을 삼키며 다가와 흙바닥에 엎드렸다.

"팔다리쯤은 잘려도 상관없지?"

"머리만 붙어있다면야. 짝을 찾아 붙여야 하옵니까?"

마의가 머리를 들어 천마 천지악을 바라보며 물었다.

"상관있나?"

"없사옵니다."

천마 천지악의 물음에 마의의 입가에 광기가 그려졌다.

"본좌를 위해 검을 들기만 하면 된다."

"낄낄낄."

"어떤 존재이든지 상관없다. 본좌를 위해 검을 들고 저들의 안식처로 보낼 수만 있으면 된다."

"반강시로 만들겠나이다."

마의가 어느 때보다 반짝이는 눈으로 대답했다.

"다만……."

이어 말을 흘렸다.

"말하라."

"조종자의 명에만 따르옵고, 단순한 명령만 내릴 수 있기에 그다지 큰 무력을 기대하기는 어렵사옵니다."

"상관없다. 저들의 손에 첫 피만 묻히면 된다."

"낄낄낄낄. 존명!"

마의는 온몸으로 웃음을 표출하며 바닥에 머리를 찧었다.

*　　*　　*

팍!

야현과 갈리오스를 둘러싼 구체가 단숨에 부서져 사라졌다. 부서진 구체 안에는 아무것도 없었다.

"아……!"

누군가의 입에서 흘러나온 비통한 신음.

그러나 그 비통함이 커지기도 전에.

스으윽!

근원을 알 수 없는 잔재들이 모여들기 시작하더니 하나의 형체를 만들어내기 시작했다.

그 형제는 당연히 사람의 형상이었다.

숨이 막힐 정도로 지독한 긴장감이 흘렀다.

누구인가?

승자는.

히죽!

이윽고 온전한 모습을 갖춘 이가 웃음을 드러냈다.

새하얗고 뾰족한 송곳니를 드러내며.

그리고 말했다.

"그대들을 즐거운 전장으로 안내하겠습니다."

가고일들을 향해서.

제2장

빈집털이가
재미있어 보이는군요

화려했던 뱀파이어 왕궁, 왕의 침소.

모든 물품들이 치워지고 단지 그 중앙에 핏물을 들인 듯한 붉은 양탄자 하나만이 놓여 있었다.

"후우—."

야현은 그 중앙에 가부좌를 튼 채 앉아 있었다.

길게 날숨을 내쉰 야현은 단전에서 내력을 끌어올렸다.

거센 힘이 혈도를 타고 질주했다.

운공 중임에도 야현의 입가에 희미한 미소가 지어졌다.

엄청난 힘.

더욱이 가고일의 왕 갈리오스의 힘을 이어받은 후부터는

몇 갑자라고 구분을 하는 것이 무의미해졌을 정도였다.

그러한 힘이 무리 없이 몸에서 질주하듯 내달리고 있었다.

하지만 야현의 입가에 미소가 지어진 것은 이 힘 때문만은 아니었다.

이러한 힘에도 전혀 무리가 가지 않는 육신 때문이었다.

갈리오스의 마기는 한층 강한 힘뿐만 아니라 재창조를 통한 새로운 육신을 주었다.

'환골탈태라고 했던가?'

이내 미소가 지워졌다.

'하지만 부족해!'

부족하다.

지금 품은 힘은 벅참을 줄 정도로 크다.

그러나 선천공 일(一)단은 몸에 무리를 줄 것이 분명하고, 두 배로 증폭되는 이(二)단은 아슬아슬하다. 그 이상은 몸이 버텨내지 못할 것이다.

'불가능만은 아니야.'

이미 한 번 육체가 재창조되었다.

두 번이 되지 말란 법은 없다.

'단전의 정점은 전체화(全體化)가 되는 것.'

지금의 단전을 깨트리고 몸 전체를 단전화하는 것이다.

후아아아악!

야현이 힘을 최대한 끌어올리자 그의 주변으로 마치 용오름이라도 만들어진 것처럼 거센 돌풍이 휘몰아치기 시작했다.

왜 그의 침소에 소소한 물건이 하나도 없는지 알게 되는 장면이었다.

"음."

방 한구석에서 천천히 부드럽게 파고드는 기운에 야현은 운기를 마무리 지으며 눈을 떴다.

그곳에 카이만이 서 있었다.

"벌써 시간이 되었나?"

"그러하옵니다, 주군."

카이만은 대답하면서 걱정 어린 눈으로 야현의 몸을 살폈다.

"왜 그리 보지?"

야현은 옷을 벗으며 물었다.

"석 달 동안 피를 마시지 않으셨다고 들었습니다."

석 달 동안 피를 마시지 않는다고 해서 죽는 것은 아니다.

다만 신체 기관이 서서히 멈추고 죽은 듯 동면에 들어간다.

"왜, 이상한가?"

야현은 그 시선의 의미를 알기에 가볍게 웃으며 물었다.

"그러하옵니다."

아무리 야현이라고 해도 뱀파이어, 종족의 특성에서 벗어날 수 없다.

"설마."

야현의 진해지는 미소에 카이만은 눈을 번쩍 떴다.

"그대의 짐작처럼 몸은 뱀파이어이나 피의 속박에서는 어느 정도 벗어난 듯해."

그 말에 카이만의 눈동자가 파르르 떨렸다.

종족의 탈피.

비록 완전하지는 않지만, 종족의 틀을 부쉈다는 의미는 절대 작지 않다.

"우히히히."

이 자리와 어울리지 않은 웃음.

그 웃음은 카이만 특유의 웃음이 아니었다. 너무 놀라 튀어나온 비명이나 신음과도 같은 것이었고, 그러한 느낌을 주기도 하였다.

"싱겁다. 그 웃음."

"우히히히히."

카이만은 야현의 타박에도 웃음을 그치지 않았다.

"축하를 올려야 할 일인지 모르겠지만 축하하옵니다."

카이만은 허리를 숙여 예를 다했다.

"그 사이 제국의 기틀은 세워졌나?"

카이만이 왔다는 것은 어둠의 왕국들을 모두 굴복시켰고 제국의 틀 안에 재편되었다는 뜻이다.

"부족한 점이 없다 하면 거짓이오나 큰 틀은 모두 세웠사옵니다."

"다행이군."

"자세한 사항은 초량이 대전에서 보고를 올릴 것이옵니다."

"가지."

야현은 대전으로 발걸음을 옮겼다.

*　　*　　*

묵색으로 아수라가 새겨진 붉은 용포를 입은 천마 천지악이 대전 거대한 상좌에 앉아 있었다.

무심한 표정.

그러나 그 속에 담겨진 분노를 누구보다 잘 알고 있는 마뇌와 마의였다. 천마 천지악은 마뇌와 마의 뒤에 부복해 있는 술사(術師)인 흑사들의 수장, 흑사장을 내려다보았다.

"반강시 제조 중 몇 가지 중한 정보를 얻었사옵니다."

마의.

"말해."

천마 천지악의 허락이 떨어지자.

쿵!

흑사장은 머리를 바닥에 쿵 찧으며 입을 열었다.

"이교의 종자들은 하나의 신도들이기는 하오나 소속은 달랐사옵니다. 천마께 감히 검을 든 자를 주축으로 이교에 소속된 자들도 있사오나 대부분의 무인들은 서로 다른 왕국의 무인들이었사옵니다. 다만 이교의 신을 믿는 이유로 성전이라는 이름 아래 모여 출전한 것이라 하옵니다."

천마 천지악은 여전히 무심한 눈으로 몸을 틀어 한쪽 손으로 턱을 괴었다.

"그 나라가 도합 열여섯이옵고, 강하고 약함은 있으나 뚜렷하게 강한 나라는 없는 듯하옵니다."

"그 말은 이교의 땅에 들어서기 위해서는 다른 나라를 거쳐야 한다는 말이로군."

"그러하옵니다."

"그렇다면 서방의 나라들은 대부분 이교의 한 신을 믿는다고 하던데, 맞나?"

"전부라고 해도 과언이 아닐 정도로 이교의 한 신을 믿사옵니다.”

“좋은 정보는 아니군.”

“하오나, 천마시여.”

흑사장이 머리를 다시 바닥에 찧었다.

“이번에 반강시가 되는 것이 두려워 투항한 자가 있사옵니다. 마법사라는 존재로 술사와 비슷한 존재들이옵니다.”

“그런데?”

“그자들은 공간과 공간을 이어주는 술법을 펼칠 수 있사옵니다.”

그 보고에 천마 천지악이 등받이에서 등을 떼며 시선을 조금 앞으로 가져갔다.

“공간과 공간을 이어준다?”

“단숨에 교에서 이교의 땅으로 갈 수 있다는 뜻이옵니다. 또한, 그들이 소리 소문 없이 본교로 침입한 이유가 바로 그 술수 덕분이었사옵니다.”

“그 술법을 가질 수 있겠나?”

“반드시 가지겠나이다.”

천마 앞에 허언은 없다.

아울러 이렇게 보고를 올렸다는 것은 적어도 실마리를 찾았다는 뜻이기도 했다.

“얼마나 걸리겠나?”

"반강시 제조가 달포가량 남았으니 그 기한에 맞추도록 해 보겠나이다."

마음에 든다는 듯 천마 천지악이 고개를 끄덕였다.

"마뇌."

"하명하시옵소서."

"그대가 지원하라."

"명!"

"그리고 정파 나부랭이들이 조용하다 하여도 언제 암수를 쓸 줄 모른다. 시선의 끈을 놓지 마라."

"명!"

천마 천지악은 다시 흑사장을 내려다보았다.

"흑사장."

"충!"

"반드시 이루라."

"명!"

천마 천지악은 주먹을 말아 쥐었다.

* * *

야현이 대전에 들어 좌중들이 자리에서 일어났다.

"음?"

야현은 대전 단 위에 놓인 용상을 보고 흥미로운 눈빛을 띠었다.

용좌가 바뀌어 있었다.

야현은 수십 자루의 검을 이어 붙여 만들어진 새로운 용좌를 손으로 쓰다듬었다. 용좌에 쓰인 검 중 같은 모양은 하나도 없었다.

"호오."

야현의 입에서 기분 좋은 감탄사가 흘러나왔다.

용상에 제작된 검들은 새로이 제작된 것이 아니었다. 제각각의 검들에는 세월의 흔적들이 묻어 있었다.

누군가가 사용했던 검들로 만들었다는 뜻이다.

야현은 고개를 돌려 대전 아래를 내려다보았다.

그의 시선 끝에는 초량이 서 있었다.

그 시선에 초량이 한 걸음 다가가 허리를 숙였다.

"오르시지요."

"누구의 검이지?"

"모두의 검이옵니다."

초량의 말에 야현은 시선을 옮겨 대전에 모여 있는 이들의 허리춤을 살폈다.

"쓸데없는 짓을 했어. 그렇지만 기분은 좋군."

야현은 용좌에 앉으며 미소를 감추지 않았다.

검으로 만든 것이다 보니 솔직히 편하지는 않았다. 하지만 마음에 든다.

무구란 어떤 것인가?

또 다른 자신, 혹은 목숨이라 표현할 정도다.

그러한 검을 바쳐 만든 것이니 금으로 만들고 보석으로 장식한 용좌를 준다 해도 바꾸고 싶지 않을 정도였다.

야현이 앉자 초량을 필두로 대전 안에 모여 있는 이들이 좌우 이 열로 섰다.

그중 낯선 얼굴들이 보였다.

세 명이었다.

야현은 그중 흑발을 한 사내가 눈에 들어왔다.

색목인의 모습도 보이고 동양인의 모습도 보이는 묘한 얼굴을 하고 있었다. 마치 색목인과 동양인 사이에 태어난 혼혈 같았다.

"호인족, 왕 호철입니다."

억양도 어색하고, 표현도 어색했지만 분명 중원의 말이었다.

"호인족?"

"그렇습다."

야현의 얼굴에 흥미로운 표정이 지어졌다.

"편한 언어를 써."

"다시 인사 올립니다. 호인족을 이끌고 있는 아이언 타이거이옵니다."

아이언, 호철이란 이름을 가진 사내가 다시 예를 취했다.

"수인족을 대표하는 삼왕 중 호왕이옵니다."

초량의 소개가 덧붙여졌다.

"중원의 피가 흐르나?"

"중원의 핏줄이옵니다."

"흠."

그만 신경을 쓸 수 없기에 야현은 고개를 끄덕이며 다른 이들을 내려다보았다.

"묘족의 메이시아라 하옵니다."

이번에는 은발의 여인이었다.

"충인족의 데릭이라 하옵니다."

흡사 뱀파이어라고 해도 믿을 정도로 핏기가 없는 금발의 사내였다.

그의 기운은 묘했다. 야현의 붉은 동공이 살짝 커졌다.

이윽고 그가 권능, 투시로 그의 몸을 살폈다.

"흥미로운 몸을 가지고 있군."

피부 즉, 껍질만 인간의 탈을 쓰고 있을 뿐 내부는 수천, 아니 수만 마리의 벌레로 채워져 있었던 것이다. 자세히 살펴보니 그 벌레는 벌이었다.

그 벌들은 신체를 구성하는 조직이자 동시에 독립적인 개체인 듯싶었다. 그리고 그의 몸에 한 곳에는 좀 더 크기가 큰 벌, 여왕벌이 존재하고 있었다.

"충인족은 모두 그대와 같은 존재들인가?"

"같은 존재이면서 다른 존재이기도 하옵니다."

몸을 구성하는 벌레들이 다르다는 뜻.

"이들이 수인족의 왕들이라고?"

"수인족 대부분은 소수 종족이기에 연합체를 구성하고 각 종족을 대표하는 의회를 구성, 그 의회에서 세 명의 왕을 선출하였습니다."

초량이 대답했다.

"재미난 조직이군."

야현이 고개를 끄덕이자 그 셋은 조용히 뒤로 물러났다.

"그렇다면 어둠의 종족들은 모두 편입된 것인가?"

"바다에 사는 수인족(水人族) 등 사실상 편입이 어려운 종족을 제외하고는 그러하옵니다."

야현은 고개를 돌려 현재 가고일들을 이끄는 콰스타를 바라보았다.

조용한 여생을 원하는 자들을 빼고 여전히 전장을 그리워하는 이들을 추슬러 기사단을 창설했다. 그 수는 정확히

마흔여섯이었다.

가고일 왕국, 엄밀히 말하면 하로스 왕국 갈리오스 공작령에 있는 붉은 날개 기사단의 이름을 가져온 후, 부단장이었던 콰스타를 단장으로 선임했다.

"갈리오스 공작령은?"

"폐하의 그늘에 들지 않는 이들은 조용한 시골 마을로 거처를 옮겼사옵니다."

"남은 것은 본인이 그의 이름을 이어받는 것이로군."

야현은 고개를 돌려 다시 초량을 바라보았다.

"공작이 되었나?"

"그러하옵니다."

초량이 대답했다.

"그대를 섭정공으로 임명하지."

초량의 눈동자가 흔들렸다.

"폐, 폐하."

"본인은 중원에 들렀다가 갈리오스 공작령으로 갈 것이야."

야현은 초량의 당황에도 아랑곳하지 않고 자신의 말을 이어갔다.

"신성제국의 가슴에 비수를 박을 수 있게 준비해 놔."

"추, 충!"

야현은 용좌에서 일어났다.

"마교의 서진(西進)이 얼마 남지 않았사옵니다."

비록 당황했지만 필요한 말은 하는 초랑이었다.

"알아. 그래서 가는 것이지. 빈집은 털어야 제 맛이 아니겠나?"

"……!"

"그러니 준비 잘해놓도록."

"그대들은 카이만과 함께 와."

야현은 베라칸에게 그리 말하며 공간을 찢고 사라졌다.

*　　*　　*

하남성 정주.

무림맹의 현판을 걸고, 거대한 위용을 자랑하는 하나의 성이 자리하고 있었다.

그 무림성 와룡각.

무림맹 총사 제갈지소의 거처이자 집무실이 있는 전각이었다.

"하아—."

골치가 아픈 듯 제갈지소는 관자놀이를 꾹꾹 누른 후 식은 찻잔을 들었다.

"음?"

낯선 그림자에 제갈지소의 얼굴이 굳어졌다. 인기척도 느끼지 못했기에 한순간 긴장감이 끓어올랐다.

"아!"

제갈지소의 눈동자가 먼저 흔들렸고, 입술이 파르르 떨렸다.

"우리에게 눈물은 흉하지."

의자를 하나 당겨 그녀 앞에 앉는 이는 바로 야현이었다.

"가가."

서방으로 떠난 지 언 반년이 훌쩍 지났다.

"무림맹은?"

제갈지소는 재빨리 붉은 눈물을 손수건으로 훔치며 화사하게 미소를 지었다.

"여전히 문파 간 알력으로 삐거덕거리지만 큰 틀은 만들었어요."

"알력은 당연히 그대가 조장한 것이고?"

"네."

"혈성파는?"

"중소문파나 낭인대 등, 순조롭게 자리를 잡았어요."

"고생이 많았군."

"이제 돌아오신 것인가요?"

제갈지소가 물었다.

"본인의 소식을 잘 알고 있지 않나?"

제갈지소는 초량을 통해 소식을 주고받고 있으니 야현의 행적을 모를 리 없었다.

"마교 때문이신가요?"

"조만간 천마 천지악이 서방으로 출전할 거야."

"혹시……?"

역시 제갈지소는 머리가 좋아 야현의 생각을 읽어냈다.

"서서히 마교에 대한 정보를 풀어. 그리고 천마 천지악이 신성 제국을 향해 서진을 하면 무림맹을 동원해 빈 천마성을 쳐."

예상했다는 듯 제갈지소는 고개를 끄덕였다.

"주군께서 원하시는 곳은 어디신가요?"

단순히 그 정도면 야현이 중원으로 오지 않았을 것이라는 사실을 제갈지소는 이미 파악하고 있었다.

"소림사."

"……."

"빈집은 털어야지."

야현은 차갑게 웃었다.

제3장

소림사를 지울 것입니다

무림맹 맹주각.

맹주 처소에 맹주직을 맡은 소림사 방장 원중과 군사직을 맡은 제갈지소가 마주하고 있었다.

"어인 일로 급히 소승을 찾으셨소이까?"

원중은 반장을 하며 물었다.

"최대한 빨리 대맹(大盟) 회의를 열어야겠습니다."

대맹 회의는 무림맹 주요 수뇌부가 가지는 회의를 일컫는다.

또 그 회의는 오파일방의 장문인들과 오대세가 가주들의 회합을 뜻하기도 했다.

"급박한 사정이라도 생겼소이까?"

"마교의 움직임이 심상치 않습니다."

제갈지소의 말에 원중의 눈매가 굳어졌다. 그리고 짧게나마 눈을 잠시 감았다가 뜨며 입을 열었다.

"이상하다 싶을 정도로 잠잠했기는 했지요."

원중의 목소리는 짙게 가라앉았다.

"얼마나 많은 피가 흐르려나. 아미타불."

이어진 혼잣말, 그리고 불호.

"맹주께서 걱정하시는 것은 아닙니다."

"……?"

"그들의 칼날이 중원이 아닌 다른 곳으로 향했습니다."

"그게 무슨 말씀이온지?"

이해할 수 없다는 얼굴.

그도 그럴 것이 마교는 중원 정벌을 외쳤고, 거침없이 사도련을 무너트리고 정파를 향해 칼을 뽑아들었다. 단숨에 쳐들어올 것이라 여겼지만 어떻게 된 일인지 그들의 걸음이 잠시 주춤하는가 싶더니 웅크렸다.

무림맹의 입장에서는 숨을 돌릴 수 있어 다행이었지만, 솔직히 잘 이해가 되지는 않는 것이 사실이었다.

무슨 연유인지 모르겠으나 비록 잠시 걸음을 멈췄다고 해서 전쟁이 끝난 것은 아니었다.

남은 것은 누가 먼저 칼을 뽑느냐였는데.

그러한 상황에서 다른 곳으로 시선을 돌렸다? 칼까지 뽑아들고서?

"왜 마교가, 천마가 중원을 향한 걸음을 세웠는지 알아냈습니다."

제갈지소의 말에 원중이 저도 모르게 마른침을 삼켰다.

"쉽지 않은 일이었을 텐데."

이 정보 하나를 얻기 위해 모르긴 몰라도 적잖은 이의 목숨이 사라졌을 것이다. 그렇게 생각한 원중의 표정은 조금 어두워졌다. 아마도 속으로 그들의 명복을 빌었을 것이다.

"그래, 이유가 무엇이오?"

원중도 몹시 궁금한지 몸이 제갈지소 쪽으로 살짝 숙여졌다.

"천마성이 정체를 알 수 없는 이들의 대규모 습격을 받았다고 합니다."

"혹 사도련이오?"

"색목인들이라 하옵니다."

제갈지소가 고개를 저으며 대답했다.

"색목인?"

원중도 의외라는 듯 목소리가 커졌다.

"서장이오? 아니야, 아니야. 마교의 힘이 서장에도 미치는 만큼 그들은 아닐 터이고."

원중은 제갈지소에게 묻다 이내 홀로 생각에 잠기는 모습이었다.

"정확한 바는 아니나 낯선 복색을 입었다고 하니 천도산맥 너머의 서방 쪽이 아닐까 조심스럽게 짐작해보옵니다."

"아미타불."

원중은 침음을 대신하며 나직이 불호를 읊조렸다.

"서방이든 서장이든!"

제갈지소는 짧지만 강한 어조로 원중의 상념을 깨트렸다.

"천마가 대규모 서진을 준비한다 합니다."

"……!"

"곧 천마성이 빈다는 뜻입니다."

"흠."

습관처럼 내뱉는 불호도 없이 원중은 긴 침음성을 내뱉었다.

제갈지소의 말이 맞는다면 이건 기회였다.

"파발과 전서구를 띄우겠소이다."

원중은 상기됨과 긴장감을 동시에 내비치며 말했다. 그

리고 제갈지소는 화답 대신 고개를 끄덕이며 미소를 내비쳤다.

*　　*　　*

하남성 성도 정주 번화가에 자리한 어느 객잔 별채.

야현은 살아남은 사도련, 혈성파의 주요 수뇌인 혈랑문 문주 구염부를 비롯해 묵룡신가 가주 신림, 패천문 문주 기덕해, 거권방 적무와 함께 자리하고 있었다.

구염부의 보고에 의하면 살아남은 혈성파 사파인들은 확실하게 신분을 세탁하고 은밀히 중원에 자리를 잡았다고 했다.

"의외라서 재미있군."

거권방과 패천문은 특이하게도 뒷골목 왈패로 변해있었기 때문이었다.

"과연 제갈지소 답다 해야 하나?"

야현은 적무와 기덕해를 보며 피식 웃음을 삼켰다.

무림맹 턱밑에 비수 두 자루를 꽂아둔 것이었다.

"그대 둘은 안 되겠고."

"무슨 일이신지 감히 여쭤 봐도 되겠나이까?"

구염부가 조심스럽게 물었다.

"조만간 무림맹에서 천마성을 쳐들어갈 거야."

"……!"

마교가 쳐들어오는 게 아니라 무림맹에서 쳐들어간다?

구염부의 눈이 동그랗게 떠졌다. 차마 입을 열지는 않았지만 그의 눈에는 진짜냐고 묻고 싶어 하는 눈빛이 가득했다.

"그대들은 알고 있지? 세 문파, 백여 명의 동도(同道)가 본인을 위해 산화(散華)되었음을."

"알고 있사옵니다. 남겨진 후예들은 현재 비처에서 문파 재건을 위해 구슬땀을 흘리고 있사옵니다."

구염부는 대략적인 상황을 알고 있으니 유추를 할 수 있었다.

"석 달 전 신성 제국의 대규모 병력이 마교를 쳤다."

"천마성이 비워지겠군요."

"지금쯤 제갈지소가 대맹회의를 통해 그 정보를 무림맹에 흘리고 있을 것이야."

"절호의 기회이니."

구염부의 눈빛이 번뜩였다.

"무림맹은 무리해서라도 천마성을 치겠군요."

신림이 말을 덧붙였다.

"구 문주."

"하명하시옵소서."

"소림사를 칠 준비를 하라."

"명!"

구염부의 복명은 짧게 울렸다.

그 시각.

무림맹 맹주 원중을 비롯해 오파일방의 장문인들과 오대세가 가주들이 원탁을 사이에 두고 둘러앉아 있었다.

"어인 일이기에 이리도 급히 파발을 띄우신 거요?"

앞뒤 사정을 아예 모르니 모두가 어리둥절한 모습들이었다.

"시각을 다투는 급보가 날아왔어요."

제갈지소가 원중에게 고개를 살짝 숙여 양해를 구하고는 회의를 주도했다.

"급보?"

"짧게는 수일, 길게는 달포 안으로 천마성이 비워질 듯합니다."

제갈지소의 말에 이 자리에 자리한 무림맹 수뇌부들의 얼굴은 굳어지며 긴장감이 들어섰다.

"그 행보가 어디요?"

"좌중들이 생각하시는 것처럼 중원이 아니에요."

"중원이 아니다?"

이건 또 무슨 뚱딴지같은 소리.

"서너 달 전 마교가 갑작스럽게 걸음을 멈추고 힘을 외부에서 내부로 돌린 것은 다들 아시리라 생각합니다."

덕분에 한숨 돌리고 무림맹의 틀을 잡아 힘을 하나로 모을 수 있었기에 모르려야 모를 수 없었다.

"그 이유를 알아냈어요."

"이유가 무엇이오?"

성격이 급한 화산파 장문인 호염이 빠르게 물었다.

사실 이렇다 저렇다 수많은 추측은 있었지만 정확한 바는 알려지지 않았었다.

"천도 산맥 너머 미지의 땅을 아시나요?"

중원이 이 세상의 모든 것이라 믿는 이들이기에,

"천도 산맥 너머 땅이 있기는 하오?"

"선계(仙界)가 그곳에 있지 않겠소이까?"

그에 대한 지식은 전무했다.

농담 아닌 농담이 흘러나왔다.

제갈지소의 눈살이 찌푸려지려 할 때.

"색목인들이 살아가는 땅이 있다고 들었소이다."

그나마 세외에 인접한 청해성에 자리한 곤륜파 장문인, 옥청자가 띄엄띄엄 한 마디 뗐을 뿐이었다. 장문인들과 가주들은 그건 또 무슨 황당한 말인가, 라는 눈빛으로 옥청자를 쳐다보았다.

"맞아요."

제갈지소는 고개를 끄덕이고는 다시 무림맹 수뇌부들을 훑어보며 다시 입을 열었다.

"이 자리에 자리한 각 장문인들과 가주분들께서는 알지 못하시나 천도산맥 너머에는 중원만큼, 어쩌면 더 큰 땅이 존재하며, 그곳에 색목인들이 살아가고 있어요."

"그래 봐야 미개한 것들이 아니겠소이까?"

제갈지소의 눈살이 찌푸려졌다.

"천도산맥 너머 서방에서 대규모의 군대가 천마성을 기습했어요."

어차피 그들을 납득시킬 이유도 없었기에 제갈지소는 빠르게 본론으로 넘어갔다.

"대규모?"

"정확한 수는 알 수 없지만 대략 수만의 군사 정도로 파악됩니다."

그제야 장문인들과 가주들의 표정이 변했다.

"마교 본성, 천마성이 존엄성을 훼손당했기에 천마는 서방을 향해 분노를 표출하였습니다."

"서방의 색목인들이 천도산맥을 넘었으니 천마도 넘겠

군.”

사천당문 당한경이 무릎을 탁 치며 말했다.

“무슨 연유일까? 뜬금없이 색목인들이 마교를 친 이유가.”

아미파 장문인 영영 사태의 혼잣말.

“이유가 뭔 상관이오. 중요한 것은 마교의 주요 무력 단체가 빠져나가고, 천마성이 빈다는 것 아니겠소이까?”

당한경이 타박하듯 영영 사태의 말을 되받아쳤다.

“맞습니다. 다시없을 기회인 듯싶습니다.”

남궁세가 가주 남궁위, 갈위가 당한경의 말에 맞장구를 쳤다.

“본인도 찬성하외다. 본거지인 천마성을 무림맹의 수중에 넣을 수만 있다면 마교에 더할 나위 없는 충격을 주는 거 아니겠소이까?”

호염이 핏대를 세우며 당한경과 갈위의 말을 거들었다.

제갈지소는 당한경, 갈위와 소리 없이 눈을 마주치며 희미하게 조소를 삼켰다.

* * *

그 날 이후.

무림맹은 빠르게 움직이기 시작했다.

대맹회의에서 난 결론은 중간 수뇌부, 중소 문파의 문주와 가주들에게로 빠르게 전달되었다.

알력 다툼으로 삐거덕거리던 무림맹이 언제 그랬냐는 듯 마치 한 몸처럼 일사천리로 전쟁 준비에 돌입했다.

제갈지소가 군사로서 어느 한 곳 지나침 없이 공평하게 편제를 구성하고 작전을 짰기 때문이었다.

덕분에 그 어떤 곳에서도 큰 불평은 없었고, 비록 연륜은 어리지만 무림맹을 이끌 군사로서 부족함이 없다는 평이 지배적이었다.

그렇게 무림맹이 바삐 돌아갈 무렵.

혈성파는 분위기 쇄신과 좀 더 안정적인 단일화를 위해, 사도련의 후신(後身)을 자처하며 그 이름을 혈사련이라 명명했다. 그리고 련주로 야현을 추대했다.

아직은 외부로 그 이름을 드러낼 수 없는 상황이고, 내부적 분란을 없애기 위하여 사도련 특유의 조직 체계였던 상가, 하가의 구분을 없앴다.

다만 야현의 명을 수행해야 할 필요가 있어 구염부를 비롯해 신림, 기덕해, 적무가 4대 봉공에 올라섰다.

혈사련의 전신인 혈성파 자체가 이 네 가문의 주도로 만들어졌고, 구염부를 비롯한 4대 봉공이 혈사련이 다시 세상에 나갈 때 물러나 하나의 구성 가문으로 돌아가겠다는 굳은 약속을 하였기에 이는 큰 반발 없이 마무리되었다.

사실상 이름만 바꾸고 혈사련을 이끌어 가는 네 명의 문주와 가주가 봉공이라는 직을 맡은 것 외에는 달라진 것이 없었지만 좀 더 단장된 느낌이 들었다.

"어느 한 문파도 무리가 가지 않는 선에서 병력을 모집하였사옵니다."

"그 수는?"

"유동적이오나 대략 일천 명에 조금 못 미치옵니다."

"생각보다 많은 수로군."

혈성파 소속 문파가 서른 안팎이었던 걸로 기억한다. 문파마다 서른 명 정도라 할 수 있지만 규모의 차이가 있으니 상당한 출혈이 예상되는 규모였다.

"주군께서 서방에 머무실 때 새로이 가입한 문파가 스무 문파쯤 되옵니다."

"……?"

전혀 알지 못하는 보고.

구염부는 당연히 알고 있으리라 여기고 보고를 올렸는데 야현이 모르는 낯을 띠자 적잖게 당황하며 빠르게 설명을 덧붙였다.

"사도련 멸문 시 화마를 벗어난 문파들이 제법 있었사옵니다. 흑오 총관의 도움으로 그들과 접촉해 편입시킬 수 있었사옵니다."

흑오가 주관했다면 하오문이 나섰을 것이다.

"그렇군."

중하다면 중하지만 야현에게는 그다지 중한 것이 아니기에 고개를 끄덕이며 지나갔다.

"하지만 부족하다는 생각이 드옵니다."

흑림, 백팔나한 등 주요 무승들이 전장에 나서겠지만 정파 무림의 기둥이자 천 년의 세월을 이겨온 소림사다. 알려지지 않은 무승들도 있을 것이고, 본사가 위험할 정도로 모든 무승들을 동원하지는 않을 것이 분명했다.

"흑마법사들과 서방의 이종족 전사들이 도움을 줄 것이다."

야현은 흑탑의 흑마법사와 베라칸이 이끄는 혈랑대, 그리고 전쟁의 종족이라 불리는 가고일을 동원할 참이었다.

"무림맹이 천마성을 치는 날, 혈사련은 소림을 칠 것이니 그에 맞춰 준비를 마치도록."

"충!"

구염부가 짧게 복명했다.

*　*　*

황금빛 기와.

붉은 벽.

이가 허락된 곳은 단 한 곳.

바로 자금성이었다.

야현은 자금성 심처, 건청궁 황금빛 기와를 밟고 서 있었다.

아무리 무림맹이 발 빠르게 움직인다 하여도 감숙성에 집결하여 신상의 천마성을 치기까지는 적어도 한 달 이상이 필요했다. 더욱이 천마 천지악이 천마성을 떠나 서방으로 진격한 후 움직여야 하니 적어도 두 달은 걸릴 것이리라.

시간적 여유가 있었기에 야현은 오랜만에 친우 주치를 만나러 온 것이었다.

권능, 투시로 건천궁 어좌에 앉아 직무를 보고 있는 주치를 확인하고 공간을 찢어 아래로 뛰어내렸다.

쿵!

충격음이 주치 앞에서 가볍게 울렸다.

주치의 눈가가 순간 굳어지고.

씨이익!

날카로운 검 한 자루가 비수처럼 은밀하게 파음마저 죽인 채 야현의 등을 향해 찔러 들어왔다.

검극이 향한 곳은 야현의 심장.

씨익!

야현이 새하얀 송곳니를 드러내며 웃었다.

익숙한 기운.

그리고 이미 지붕 기와 위에서 보았던 이들.

주치의 수신호위였던 매난국죽 중 매. 매검(梅劍)이었다.

야현은 권능, 천리안으로 등 뒤의 광경을 머리를 읽어내며 손을 뻗었다. 그리고 빠르게 찔러오는 매검의 검을 손으로 움켜잡았다.

기기긱!

마찰음이 야현의 손과 검 사이에서 일그러졌다.

쑤아아아악!

그때 야현의 빈틈을 향해 날아오는 검과 도.

나머지 삼인방 난, 국, 죽이었다.

쿵!

야현이 바닥을 가볍게 밟자 묵직한 기운이 터지듯 셋을 밀어냈다.

"워! 워어, 워!"

야현이 양손을 펴 보였다.

"인사가 너무 과격합니다. 안 그런가?"

야현은 고개를 돌려 주치를 보며 물었다.

"하하."

너무 황당함에 주치는 어이없다는 웃음을 터트렸다.

"심장이 떨어지는 줄 알았네. 다음부터는 정상적으로 찾아오면 안 되겠나?"

주치는 손을 저어 수신호위들을 돌려보내며 서탁을 옆으로 밀쳤다.

"그대답지 않은 말이야."

야현이 용상으로 올라가 맞은편에 앉았다.

"이 자리에 앉으니 그리되더군."

주치가 자신이 깔고 앉은 비단 보료를 손으로 탁 치며 조소를 삼켰다.

"그렇겠군."

가장 높은 곳에서 만인을 내려다보지만 언제나 위협을 받는 자리, 바로 그 자리가 황제였다.

"본인이 할 말은 아니지만 죽을 때 죽더라도 전처럼 대범하고 편하게 사시게."

"죽을 때 죽더라도, 라……."

주치가 그렇게 잠시 중얼거리더니.

"하하하하하하!"

이내 대소를 터트렸다.

“그래, 얼마나 살 수 있을지 모르나 노력은 해 보지.”

“한결 보기 좋군.”

“여봐라!”

야현의 조언 때문일까, 아니 마음을 터놓을 친우를 봐서인지 주치는 한결 가벼운 표정과 목소리로 내관을 불렀다.

“술상 차리려고?”

“왜, 안 마시려고?”

“본인이 술을 가져왔네.”

“자네가 술을?”

“서방에 진귀한 것들을 가져왔지. 그대가 먹을 안줏거리나 몇 점 내오라 하게.”

주치가 황자 시절부터 보필했던 이 내관, 이제 상선 태감이 된 그가 조용히 대전을 나갔다.

잠시 후 궁녀들이 가벼운 안줏거리를 내왔다.

“가벼운 것과 독한 것이 있는데.”

“가벼운 것으로 하지. 오랜만에 친우를 만났는데 회포를 풀기도 전에 대취할 수는 없으니.”

야현은 갈리오스 공작성 지하 저장고에서 챙겨온 귀한 와인을 꺼내 각자의 잔에 따랐다.

“풍미가 좋군.”

주치도 마음에 드는 듯 흡족함을 내비쳤다.
“그래 무얼 하고 지냈기에 그간 소식도 없었나?”
“이래저래 바빴지.”
“……?”
“궁금한가?”
“궁금하네.”
“본인이 했던 말 기억하는가?”
“밤?”
주치의 말에 야현이 고개를 끄덕였다.
“조만간 무림이 시끄러워질 거야.”
“흠.”
주치의 표정이 진중해졌다.
“일반 백성들에게 큰 피해가 없게 해주게.”
“자네의 신망을 위해서라도 그리해야지.”
주치가 부드러운 미소를 지으며 고개를 끄덕였다.
“그래, 어딘가? 시끄러워지는 곳이?”
‘소림사.’
야현이 목소리를 지우며 말했다.

제4장

그대의 아름다움에 경의를 표합니다만

'일반 백성들에게 큰 피해가 가지 않고, 화포만 사용하지 않는다면 알아서 하시게. 내가 주는 선물일세.'

주치는 야현 앞에서 자신을 짐이라 칭하지도 않았다. 그리고 과거의 약속을 지켰다.

그는 솔직했지만, 자신은 그러하지 않았다.

하지만 모든 것을 솔직하게 밝힐 수는 없는 법.

어스름하게 밝아오는 여명을 바라보며 야현은 쓴웃음을 지었다. 그러나 그 쓴웃음도 오래가지는 않았다. 갈 길 멀기에, 그 길이 험준하기에, 이미 멈출 수가 없기에 달려야 한다.

『슬슬 날이 밝아옵니다.』

매검의 전음처럼 어둠 속에 지워진 황금빛 기와가 제 색을 드러내고 있었다.

『다음에 또 뵙지요.』

야현은 가벼운 미소를 지으며 그 자리에서 사라졌다.

*　　*　　*

숭산 소림사에 들어가기 위한 관문처럼 여겨지는 등봉현.

그다지 크지 않은 속현이지만 이에 어울리지 않는 고급 객잔이 있었다.

자비루(慈悲樓).

기녀의 웃음과 자비란 단어는 어울리지 않지만 소림사의 위명을 등에 업고 살아가서일까, 등봉현에는 자비루처럼 불교의 용어를 따온 간판들이 주를 이루고 있었다.

어찌 되었든.

자비루 최고층.

야현은 홀로 자리를 잡고 창문 너머로 우뚝 솟아 있는 숭산(嵩山)을 지그시 바라보며 술잔을 기울이고 있었다.

"더 필요한 거 없으세요?"

기녀가 치맛자락을 나풀거리며 다가왔다.

"필요하면 부르지요."

"재미가 없는 사람이군요."

기녀는 가볍게 눈을 흘기며 돌아서고는 자연스럽게 작게 접은 종이를 야현의 품으로 떨어뜨린 후 총총걸음으로 층을 내려갔다.

'하하.'

하오문도였다.

자신도 눈치를 채지 못할 정도로 자연스러웠는데 그게 그녀의 삶의 무기인 모양이었다. 야현은 쪽지를 펼쳐 내용을 읽어 보았다.

무림맹 출(出)! 혈사련 집(集)!

워낙 작은 종이라 내용도 간략했다. 그러나 필요한 내용은 모두 들어 있었다.

판을 깔았고, 이제 그 판의 말들이 움직이기 시작했다.

화르륵!

야현이 쪽지를 움켜쥐었다가 풀자 잿가루가 바닥에 떨어졌다.

가볍게 손을 털고 다시 술잔으로 가져갔다.

불에 타고 있을 숭산을 상상하며 술잔을 기울이던 야현의 미간이 찌푸려졌다.

"아니 되십니다."

굵직하고 딱딱한 목소리가 들려온 것이었다.

야현이 고개를 내려 권능, 투시로 아래층을 내려다보았다.

짐작대로 층 계단을 지키고 있던, 흔히들 어깨라고 부르는 객잔 무사가 한 무리의 인물들을 가로막고 있었다.

"내 올라가 양해를 구한다고 하지 않았나?"

"그 누가 와도 올리지 말라고 하였습니다."

변변찮은 내력을 가졌음에도 객잔 무사는 한 치의 물러섬도 보이지 않았다.

의외로 객잔 무사가 강단 있게 나오자 잠시 머뭇거리던 중년인이 빠르게 지풍을 쏘았다.

퍼버벅!

"윽!"

객잔 무사가 짧은 신음과 함께 표정을 찡그렸다.

큰 고통은 없었는지 얼굴에 고통이 묻어 나오지는 않았다.

'음?'

그 광경을 바라보던 야현의 눈동자가 반짝였다.

지풍을 맞은 객잔 무사의 몸에 낀 옅은 살얼음 때문이었다.

은빛 새하얀 백의에 파란 장포.

거기에 순음한 내력.

'북해신궁인가?'

그들은 흑발에 흑안이었지만 얼굴 테는 중원보다는 서방에 가까웠다.

'그러고 보니 호왕이 남만야수궁에 패해 서방으로 왔다고 했던가?'

북해신궁, 남만야수궁, 그리고 남해태양궁.

새외 삼 세력이며 단일 세력으로 마교에 버금간다고 알려져 있었다.

다만 철저한 새외 세력으로 중원과 교류가 거의 없어 알려진 바가 그다지 많지 않은 신비한 조직으로 인식되고 있었다.

'북해신궁이라.'

야현은 그 무리 중앙에서 면사로 얼굴을 가리고 있는 여인을 내려다보았다.

그녀가 무리를 이끄는 장(長)으로 보였다.

그사이 객잔 무사를 제압한 장년인이 5층으로 올라왔다.

5층에는 야현 홀로 있으니 두리번거릴 것도 없이 곧바로 다가와 섰다.

"귀공이 별채와 상층을 전세 놓은 분이시오?"

문법은 자연스러웠으나 확실히 억양은 어색했다.

"그렇습니다."

"별채를 양보해 주었으면 하외다."

말투는 진중했지만, 어투는 그렇지 않았다.

"이거 참."

야현은 장년인을 올려다보며 술잔을 쭉 들이켰다.

탁.

다시 탁자에 빈 술잔을 내려다 놓았다.

히죽.

그리고 웃었다.

"뭐라고 하셨지요? 본인이 잘못 들은 것이었으면 좋겠군요."

장년인의 눈매가 굳어졌다. 그리고 빠르게 야현의 기감을 살폈고, 주변을 훑었다. 굳어진 눈매가 풀렸지만 마음까지 놓지는 않았다.

"귀공이 내신 금액의 두 배를 드리겠소."

"북해신궁이 소림사라. 재밌군."

야현은 장년인의 말은 무시하며 탁자에 팔을 얹어 턱을 괴곤 말했다.

당연히 장년인의 표정은 다시 굳어졌다.

"그래 봐야 남의 일이고."

야현은 다시 흥미를 풀고 빈 잔에 술을 따랐다.

"다른 객잔으로 알아보세요. 별로 비워 주고 싶은 마음이 없으니."

야현은 다시 술잔을 들었다.

완벽한 무시.

"벌주보다야 권주가 낫지 않겠소이까?"

장년인은 상당한 내력을 표출시켜 야현을 압박하며 낮게 으름장을 내뱉었다.

"새외 세력이지만 무림이지요?"

"……!"

장년인의 표정이 굳어졌다.

상당한 내력을 집중시켰음에도 움직임은커녕 표정의 변화조차 없었다.

"무림은 참으로 재미있습니다. 아니, 인생사가 재미있는 건가요? 다만 무림이 좀 더 직설적으로 야만스럽다고 해야 하나?"

탁!

야현은 다시 술잔을 내리고 자리에서 일어났다.

"약육강식. 그 야만스러움이 본인은 좋습니다."

야현의 붉은 눈동자에 섬뜩함을 느낀 중년인은 저도 모르게 뒤로 한 걸음 물러나며 빠르게 기수식을 잡았다.

"그래도 배부른 사자는 너그러운 법이기도 하지요."

야현이 탁자로 손을 뻗자 술병에 담긴 술이 허공으로 솟아올라 술잔을 채웠고, 채워진 술잔이 야현에게로 날아왔다.

"별채는 양보할 수 없지만, 이 자리는 적당히 내어드리지요."

야현은 술을 마시며 중년인이 아닌 계단 쪽에 서 있는 북해신궁 일행들, 정확히는 면사를 쓴 여인을 향해 싱긋 웃으며 말했다.

"귀공이 별채를 양보할 생각은 없으신가요?"

면사를 두른 여인이 쟁반에 구르는 옥구슬처럼 영롱한 목소리로 물었다.

야현은 대답 없이 웃음으로 일관했다.

"미안하지만 양보를 해 줘야겠어요."

사근사근한 목소리와 달리 말은 날카롭기 그지없었다.

"할 수 있다면."

야현은 팔을 휘저으며 허리를 숙였다.

"다만 목숨은 장담 못 합니다."

허리를 숙여 예를 취한 자세에서 고개를 든 야현의 얼굴에는 짐승의 그것처럼 흉포한 웃음이 지어져 있었다.

*　*　*

무리의 유일한 여인.

북해빙궁 소궁주 냉화 빙소해는 고운 미간을 찌푸리며 야현을 직시했다.

등봉현.

소림사의 그늘에서 부족함이 없이 넉넉한 웃음으로 살아가는 속현이다. 매일 수많은 사람이 소림사로 오르기 위해 들린다고는 하지만 등봉현은 일개 현(縣)도 아닌 그보다 작은 속현(屬縣)이었다.

더불어 화려함과는 거리가 먼 불교 성지, 소림사에 오르는 관문이다 보니 등봉현 역시 그 색에 물들어 화려함을 찾기 힘든 소박한 곳이었다. 아무리 세속적인 객잔과 주루라 하더라도 이러한 분위기에서 자유롭지 못하다.

문제는 평생 소박함과 거리가 먼 삶을 살아온 빙소해였다.

사실 자해루도 그녀의 마음에 썩 드는 편이 아니다. 그나마 등봉현에서 가장 좋은 곳이기에, 이곳에서 이보다 더 좋은 곳이 없기에 겨우 마음을 추스르는 중이었다.

"설풍대주."

빙소해의 목소리에는 짜증이 묻어 나왔다.

"하명하시옵소서."

그녀 곁에 서 있던 백발의 장년인이 묵직한 음성으로 대답했다.

"언제까지 본녀가 이렇게 있어야 하는 거죠?"

"금방 쉬실 수 있도록 하겠습니다."

그래도 일말의 양심은 있었다.

"죽이지는 마세요. 넉넉히 보상도 해 주시구요."

"그리하겠습니다."

설풍대주가 허리를 숙이고 야현을 향해 몸을 다시 세웠다.

그 순간.

쾅!

야현은 공간과 공간을 찢어 설풍대주 앞에 이동한 후 그의 가슴을 발로 걷어찼다.

"컥!"

설풍대주가 피를 토하며 날아가 벽에 부딪히고 바닥으로 떨어졌다.

콱!

동시에 야현은 빙소해의 목을 움켜쥐었다.

"히익!"

북해빙궁은 그 힘이 어쩌면 마교에 버금갈지 모른다는 새외삼궁 중 일궁이다. 또한 빙소해는 그 빙궁의 후계자였다. 적어도 어중이떠중이는 아니라는 소리인데, 그것을 방증이라도 하려는지 그녀는 단숨에 야현을 몰아세우려는 듯 야현의 배를 향해 내력을 담아 짧게 주먹을 내질렀다.

그러나.

"칵!"

야현은 빙소해의 목을 더욱 강하게 움켜잡았고, 날카로운 손톱이 그녀의 목으로 파고들었다.

챙! 차자자장!

뒤늦게 주위로 날이 시퍼런 검이 드리웠다.

"끄윽!"

야현은 보란 듯이 빙소해의 목을 더욱 강하게 틀어쥐었다. 그러자 빙소해의 몸이 바들바들 떨리기 시작했고, 눈동자의 초점이 서서히 흐려져 갔다.

"무, 물러나라."

설풍대는 북해빙궁 오대 무력단체이자 소궁주의 친위 무력 단체였다.

그런 설풍대의 대주이기에 그는 설풍대를 뒤로 물릴 수밖에 없었다.

"흐악!"

야현이 숨통을 살짝 풀며 그녀의 면사를 거뒀다.

"눈동자가 아름답군."

자세히 살펴보니 그녀의 눈은 검은 흑안에 푸른빛이 은은하게 돌고 있었다.

그저 순수한 감상인데 빙소해는 다르게 받아들인 듯 몸을 부르르 떨었다.

"아름다워. 왜 불편한 면사를 쓰고 다니는지 이해가 되는군."

그저 아름답기만 한 것이 아니었다. 중원인인 듯 아닌 듯, 이국적인 분위기가 묘하게 풍겼다.

『북해빙궁의 방문 약속이 잡혀 있는 걸로 확인되었습니다.』

빙소해의 얼굴을 빤히 쳐다보고 있는 야현에게 독고결이 급히 전음을 날렸다.

"쯧."

야현은 눈살을 슬쩍 찌푸리며 그녀의 목을 풀어주었다.

"컥컥컥!"

빙소해는 목을 움켜잡고 괴로운 기침을 몇 번 토해냈다. 야현은 그런 그녀에게 면사를 던졌다.

"가세요."

"갈!"

빙소해는 숨결을 다잡자마자 표독스러운 눈으로 일장을 내질렀다.

펑!

빙장이 야현의 가슴에 직격했다.

상상 이상의 파괴력에 야현의 몸이 뒤로 두어 걸음가량 밀려났다.

"크흐으!"

평온하던 야현의 얼굴이 일그러졌다.

파삭!

야현의 얼어붙은 옷 앞섶이 부서져 우스스 떨어졌다.

마치 눈동자 안에 화염이 인 것처럼 야현의 눈은 붉게 변했다.

야현의 분노에 빙소해는 입술을 질끈 물고는 야현에게로 달려들며 발길질을 차올렸다.

퍽!

빙소해의 발은 야현의 턱을 정확히 차올렸다.

그녀의 입가에 득의양양한 미소가 막 걸리려는 차.

쾅!

"꺄악!"

야현은 가볍게 얼굴을 털며 주먹으로 그녀의 관자놀이를

후려쳤다.

빙소해는 짧은 비명과 함께 바닥으로 처박혔다.

쐐애애액!

쑤아아악!

측면에서 두 자루의 검이 동시에 야현의 목과 허리로 날아왔다.

야현은 검을 든 두 설풍대원을 향해 양손을 활짝 펼쳤다.

"큭!"

"컥!"

그러자 두 설풍대원은 마치 쇠사슬에 포박이라도 된 것처럼 격한 신음과 함께 그 자리에 멈췄다.

팔랑—

야현이 활짝 편 양손을 털자.

쿠당탕탕탕!

두 설풍대원은 무형의 힘에 밀린 듯, 혹은 잡아 당겨진 듯 뒤로 날아가 벽에 부딪히거나 바닥에 나뒹굴었다.

"갈!"

설풍대주가 은빛 수염을 휘날리며 뛰어들며 일장을 내질렀다.

콰과광!

자비루 기둥과 서까래가 흔들릴 정도로 엄청난 파음과 함께 살을 에는 한풍이 야현을 할퀴고 지나갔다.

한풍이 중원의 따뜻한 훈풍에 사라지고, 그 자리에 서 있는 것은 하나의 얼음상이었다.

정확히는 야현의 몸을 차가운 얼음이 뒤덮고 있었던 것이다.

"후—."

설풍대주는 안도의 한숨을 살짝 내쉬며 뒤에 쓰러져 있는 빙소해를 향해 몸을 돌렸다.

"괜찮으시……."

뒤돌아선 설풍대주는 말을 잇지 못했다.

바로 야현이 웃음을 지으며 서 있었기 때문이었다.

"흐아……."

설풍대주는 용수철처럼 몸을 웅크렸다가 다시 튀어 오르며 짧고 굵은 기합성을 터트리려 했다.

그러나 그 기합은 바람 빠진 풍선처럼 힘없이 흐려졌다.

후욱—

야현의 가슴을 향해 주먹을 휘둘렀다. 그러나 휘둘러진 것은 그의 어깨와 팔뚝이었을 뿐.

툭!

그의 주먹은 바닥으로 떨어졌다.

설풍대주는 흔들리는 눈으로 야현을 바라보며 다시 발을 차올렸다.

툭!

차올려진 것은 그의 허벅지만이었다.

바닥을 디디고 있던 발은 피와 함께 바닥에 툭 떨어졌다.

"컥!"

번개를 맞은 것처럼 설풍대주는 몸을 한 차례 떨며 야현을 향해 왼손을 뻗었다.

척!

"끄으, 크흑!"

설풍대주는 겨우 야현의 어깨에 왼손을 올린 후 힘겨운 고통에 가쁜 숨을 몰아쉬었다.

히죽.

설풍대주는 야현의 미소로 의식이 잘려나갔다.

서걱!

손날로 설풍대주의 목을 쳐낸 야현은 몸을 돌려 빙소해를 내려다보았다.

"이, 이!"

"걱정 마세요. 그대는 죽이지 않을 테니까."

그러면서 야현은 빙소해의 목에 발을 얹었다.

"그대들의 주인을 죽이고 싶지 않으면 그만하세요."

"끄윽!"

야현은 감정 없는 미소를 띠며 악귀처럼 분노를 터트리는 설풍대를 바라보았다.

『결!』

야현이 독고결을 부르자.

스윽!

다섯 명의 특급 살수들이 모습을 드러내며 들고 있던 양피지를 찢었다.

스아아아—

마나의 파동이 퍼져 나갔고, 그 파동에 휩쓸린 설풍대원들은 정신을 잃고 바닥으로 쓰러졌다.

슬립 마법이 담긴 스크롤이었다.

야현은 자리에 앉으며 바닥에 쓰러져 있는 빙소해의 얼굴을 쓰다듬었다.

"걱정하지 마세요. 당장 죽이지 않을 터이니."

제5장

제 말 잘 들으셔야 합니다

"읍! 읍읍!"

자비루 별채, 침소 침상에 빙소해가 누워 있었다.

두 눈을 부릅뜨고 몸부림치며 발악했지만, 입만 벙긋거릴 뿐 악다구니는 흘러나오지 않았을뿐더러 몸부림도 그저 꿈틀거림 그 이상도 이하도 아니었다.

"어찌하시려는지 그 생각을 여쭈어도 되겠습니까?"

급히 등봉현으로 날아온 흑오가 조심스럽게 물었다.

"북해빙궁 일원이 되어 소림사에 들어가 볼까 싶어서."

흑오의 안색이 굳어졌다.

"괜찮겠사옵니까?"

천하가 소림사를 알지만, 천하는 소림사에 대해 아는 것이 없다. 소림사에 대한 무림의 평가가 그러했다.

"과연 본인을 알아볼 자가 있을까?"

제갈지소의 보고에 의하면 흑림도 전쟁에 참여한다고 하였다.

그러나 흑림의 전원이 전쟁에 참전하지는 않을 것이다.

"있다면 어쩔 수 없지."

야현은 가벼운 웃음을 보이며 자리에서 일어났다. 그리고 침상에 누워 있는 빙소해 옆에 앉았다.

딱!

그녀를 내려다보며 야현은 손가락을 튕겼다.

"감히 본녀를……."

봇물이 터지듯 악에 찬 그녀의 목소리가 귀가 아플 정도로 울렸다.

야현이 인상을 찌푸리자.

"우히히히!"

흑오와 함께 온 카이만이 마법으로 그녀의 목소리를 다시 지웠다.

"읍! 읍읍!"

빙소해의 악다구니는 여전했지만 어디까지나 몸짓에 불과했다.

"하루 더 굶겨야겠군."

야현은 그녀의 몸을 허공에 띄운 후 방구석으로 던졌다.

철퍼덕!

짐짝처럼 바닥에 떨어진 빙소해는 몇 번 꿈틀거리더니 이내 잠잠해졌다.

"그대들도 쉬어."

야현은 축객령을 내리고 침상에 누워 눈을 감았다.

딱히 잠을 자는 것은 아니지만 조용히 눈을 감고 휴식을 취했다.

다음날.

야현은 와인으로 가볍게 점심을 먹은 후 구석에 구겨진 채 하루를 보낸 빙소해를 권능, 염력으로 띄워 침상에 눕히려다가 도로 바닥에 내려놓았다.

이틀 밤을 구석에 던져 놓았더니 생각보다 옷과 몸에 먼지가 가득해 침상에 올리기가 뭐했던 것이다.

야현은 손가락을 튕겨 그녀의 입을 다시 열었다.

"본녀……."

"하루."

야현이 무심히 짧게 말하자 빙소해는 급히 입을 닫았다.

"그래, 그렇게 하는 겁니다."

빙소해의 얼굴은 급속도로 붉게 변했다. 잠시 후 눈물까지 맺혔다.

야현이 말을 해도 좋다는 눈치를 주자 빙소해는 기다리고 있었다는 듯 급히 소리치며 말했다.

"화, 화장실."

'아!'

야현의 입술이 살짝 벌어졌다.

용변을 본 지 수백 년이 흐른 터라 잠시 잊고 있었다. 인간은 먹고 마시고, 자야 하며 용변을 보아야 한다는 것을 말이다.

야현이 손을 휘젓자.

"어?"

짧은 반문과 함께 빙소해가 엉거주춤하게 자리에서 일어났다.

쉽게 풀어줄 줄 몰랐다는 듯 눈을 깜빡이다가 빙소해는 재빨리 방을 나갔다.

야현은 아공간에서 곰방대를 꺼내 연초를 채웠다.

"후우."

새하얀 연기가 입에서 흘러나왔다.

"하하하."

몇 모금 즐기던 야현은 가벼운 웃음을 터트리며 곰방대

를 탁자 위에 올려놓고는 허공을 찢고 사라졌다.

야현이 모습을 드러낸 곳은 별채 얕은 담벼락 위. 막 별채 담을 넘는 빙소해의 바로 앞이기도 하였다.

"컥!"

야현은 빙소해의 목을 손으로 틀어쥐며 바닥으로 떨어지듯 내려와 그녀를 바닥으로 집어 던졌다.

쿵!

딱히 사정을 봐 줄 필요가 없었기에 상당히 둔탁한 소리가 그녀의 등과 바닥 사이에서 터졌다.

"끅!"

제법 충격을 받은 듯 빙소해의 입에서 짧은 신음이 흘러나왔다.

야현은 빙소해의 가슴을 발로 지그시 밟았다.

"히익!"

잠시 사라졌던 독기가 그녀의 눈에 피어났다.

골패 놀이로 소궁주라는 직책을 딴 건 아니라는 듯 그녀는 야현의 발을 손으로 밀어내며 그 자리에서 일어나 발을 걷어차 올렸다.

야현은 가볍게 몸을 젖혀 그녀의 발을 피하며 말했다.

"가능하면 말로 대화를 풀고 싶었는데."

아쉬움이 가득 묻어나오는 목소리, 그러나 목소리와 달

리 그의 입가에는 진득한 미소가 지어지고 있었다.

후아악!

그러는 사이 빙소해는 허공에서 몸을 회전하며 다른 발로 야현의 턱을 노리고 있었다.

야현은 그런 그녀의 발, 발목을 움켜잡았다.

콰광!

그리고는 그녀의 발목을 잡은 채 벽으로 휘둘렀다. 그녀의 몸이 벽에 처박히자 담이 먼지와 함께 우르르 무너졌다.

야현은 빙소해의 발목을 잡은 채 몇 걸음 질질 끈 다음 다시 그녀를 벽으로 휘둘렀다.

콰광, 콰르르르!

마치 방망이라도 들고 화풀이라도 하는 것처럼 야현은 그녀의 발목을 잡고 벽과 땅, 나무를 가리지 않고 휘둘러 주변을 부쉈다.

철퍼덕!

반경 이 장가량의 주변이 폐허가 되자 야현은 그녀를 땅바닥으로 던졌다.

그 과정에서 정신을 잃은 듯 그녀는 미동도 하지 않았다.

"깨워."

야현의 짧은 명에 카이만이 지팡이를 바닥에 찧어 마나의 파장을 그녀의 머릿속으로 밀어 넣었다.

"끄응."

강제로 깨어나는 것이라 두통이 뒤따랐다. 그녀가 지끈거리는 두통에 미간을 찌푸릴 때.

"어? 어?"

야현은 다시 권능, 염력으로 그녀를 당겨 발목을 잡았다.

"흑오."

"예, 주군."

"자비루 주인에게 전해. 수리비는 넉넉히 준다고."

"알겠습니다."

후욱— 쾅!

야현은 빙소해가 정신을 차리기도 전에 다시 그녀를 벽과 땅, 나무를 가리지 않고 휘둘렀다.

그렇게 그녀가 정신을 다시 잃고.

"으으으."

카이만의 마법으로 정신을 다시 차렸다.

이번에는 바로 그녀를 휘두르지 않고 잠시 뜸을 들였다.

온전히 정신을 차리고 상황이 파악될 수 있도록 기다렸다.

"자, 잠……. 꺄악!"

야현은 그녀가 상황을 파악하자마자 다시 그녀의 다리를 붙잡고 사방을 부숴나갔다.

그렇게 정신을 잃고 깨어나기를 수 번.

머리가 산발이 된 것은 물론이요, 옷가지 역시 넝마라고 부르기도 민망할 정도로 변해 있었다.

"깨워."

야현의 말에 카이만이 다시 빙소해를 깨웠다.

"으, 으아아아!"

빙소해는 야현을 보자 눈을 부릅뜨며 말도 제대로 내뱉지 못하고 그 자리에서 돌아 네 발로 기다시피 발버둥을 쳤다.

야현은 그런 그녀를 다시 염력으로 끌어당겼다.

"아아악!"

비명을 지르는 빙소해의 얼굴은 공포로 점철되어 있었다.

정신은 깨었으나 이성은 마비가 되었는지 옷은 처참하게 찢어져 반라나 다름없는 상태였다. 하지만 그녀는 인지하지 못하는 듯 그저 벗어나기 위해 발버둥을 칠 뿐이었다.

"조용."

야현은 표정의 변화를 보이지 않고 나직하게 말했다.

"흡!"

빙소해는 빠르게 양손으로 입을 막았다.

"일어서세요."

야현의 말에 빙소해는 자리에서 일어났다.

출렁거리는 가슴을 그제야 느낀 탓인지 빙소해는 몸을 웅크리며 가슴과 하복부를 손으로 가렸다.

"똑바로 서세요."

그 말에 빙소해는 파르르 몸을 떨며 더욱 웅크렸다.

야현이 오른손을 활짝 펼치자 빙소해의 왼발이 허공으로 올라갔다.

그녀의 눈동자가 요동치는 것을 보면 그녀 자신의 의지가 아니었다.

야현의 권능, 염력이었다.

빙소해는 몸을 감싼 손을 풀었다.

"뭐 미리 이야기하지만, 그대의 껍데기에는 관심 없습니다."

야현은 빙소해의 속살을 슬쩍 바라보고는 그녀에게 바투 다가가 섰다.

그리고 부드럽게 헝클어진 빙소해의 머리카락을 쓸어 정돈시켜 주었다. 그 행동에 빙소해는 움찔거렸지만 피하지는 않았다.

"이제 대화를 나눌 수 있게 되었군요."

야현은 빙소해의 뺨을 어루만지며 뒤로 물러났다.

"진작 이랬으면 얼마나 좋았을까요?"

야현의 미소에 빙소해는 시선을 피하며 사시나무처럼 몸을 떨었다.

"벌써 시간이 이렇게 되었군요."

어느새 하늘은 석양으로 물들고 있었다.

"일단 씻고 오세요. 저녁이나 먹으면서 심도 있는 대화를 나누도록 하지요."

야현은 고개를 돌려 허공에 말했다.

"엘리 있나?"

"호호호호."

간드러진 목소리와 함께 서큐버스 엘리가 모습을 드러냈다.

"씻기고 옷 갈아입혀서 데려와."

야현은 별채 내원에 있는 정자로 향했다.

* * *

아담한 연못을 내려다보는 자그만 정자에 먹음직스러운 음식들이 한 상 가득 차려졌다.

쪼르르.

야현은 풍미 가득한 백주를 한 잔 따르다 말고 탁자 위로 고개를 들었다.

“뭐해, 먹지 않고.”

야현의 허락이 떨어지자 흑오와 카이만은 그제야 조용히 수저를 들었다.

“입에 안 맞으면 말하세요. 다른 걸로 내오라 이를 터이니.”

야현은 씻고 새 옷으로 말끔하게 갈아입은 빙소해를 바라보며 말했다.

높지도, 그렇다고 지나치게 낮지 않은, 참으로 듣기 좋은 중저음이었다.

말 마디마다 기품이 흐르고 부드러웠다. 뭐라고 해야 하나? 입 안에서 살살 녹은 조청?

흠칫!

지금까지는 경황이 없어 잘 몰랐는데, 야현의 얼굴은 놀라울 정도로 아름다웠다.

왜 이제껏 몰랐나 싶을 정도로 보면 볼수록 깊게 빠져드는 미모였다.

그러다 다시 흠칫!

잠시 잊었던 공포가 떠오른 것이었다.

저 아름다운 얼굴의 가면 뒤에 있는 진면목에 빙소해는 몸을 파르르 떨었다.

"들어요. 어서."

사근사근한 권유.

"네, 네."

빙소해는 사시나무처럼 떨며 젓가락을 잡았다.

달그락.

이성이 공포로 점철되자 그녀의 손은 떠는 정도가 아니라 휘젓는다고 해도 과언이 아닐 정도였다. 그렇다 보니 빙소해는 젓가락을 제대로 쥐지 못하고 바닥에 떨어뜨리고 말았다.

"제, 제발……."

빙소해는 온전한 말조차 내뱉지 못하고 덜덜 떨었다.

"괜찮습니다."

야현이 손짓을 하자 정자 아래서 대기하고 있던 시녀가 여분의 새 젓가락을 그녀 앞에 내려놓았다.

빙소해는 힘겹게 젓가락을 쥐었지만, 떨리는 손으로 제대로 된 젓가락질이 될 리는 만무.

집는 것보다 탁자나 바닥에 떨어뜨리는 가짓수가 더 많았다.

결국 빙소해는 더는 음식에 젓가락을 사용하지 않고 밥

만 퍼먹었다.

그러나 그것만으로도 반쯤은 탁자와 허벅지 위로 흘리면서 식사를 마쳤다.

그에 반해 흑오와 카이만은 느긋하게 식사를 마쳤고, 대기하고 있던 시녀가 상을 치우고 용정차를 내왔다.

"수하들은 잘 있습니다."

참담한 빙소해의 눈에 그제야 안도감이 살짝 깃들었다.

"보, 본……. ……소녀에게 원하는 바가 무, 무엇인가요?"

"그다지 큰 걸 원하지 않습니다."

야현이 빙소해를 지그시 바라보자 무의식적으로 그녀는 양팔로 몸을 가렸다.

"소림사로 가시지요?"

"……네."

시간이 지나면 어차피 알게 될 일.

"무슨 연유 때문인지 물어봐도 되겠습니까?"

빙소해의 얼굴이 굳어졌다.

공포로 지배당했음에도 빙소해는 쉽사리 입을 열지 않았다.

공포를 이겨낼 정도로 북해빙궁이 차지하는 비중이 생각이상으로 크거나 아니면 쉽게 입을 열지 못할 정도로 중차

대한 일일 것이다.

야현이 가득 담긴 술잔을 두어 번 나눠 비울 때까지 빙소해는 입을 열지 않았다.

탁!

야현은 술잔으로 탁자를 치듯 파음을 만들었다.

빙소해는 움찔 몸을 파르르 떨었다.

입술을 달싹거렸지만 이번에도 쉽사리 입을 열지 않았다.

콰광!

야현 앞에 놓여 있는 식탁이 단숨에 부서지며 파편이 사방으로 튀었다.

흑오는 손을 빠져나가는 물처럼 자연스레 정자를 내려왔고, 카이만은 찻잔을 든 채 블링크 마법으로 정자 밖으로 벗어났다.

파삭!

"꺄아악!"

빙소해가 앉아 있던 의자마저 부서지고, 그녀의 몸은 뒤로 튕겨져 나가 정자 기둥에 틀어박혔다.

위로 솟구치면 아래로 떨어지는 것이 자연의 이치. 그러나 마치 허공이라는 벽에 그녀의 몸을 못질이라도 한 것처럼 빙소해의 몸은 바닥으로 떨어지지 않았다.

"본인은 그대를 참으로 인간답게 대해 주었습니다."

야현은 허공에 떠 있는 술잔에 술을 채웠다.

"읍읍읍!"

무언가 말을 하려 했지만 카이만이 언제 손을 썼는지 그녀의 목소리는 잠겨 있었다.

"인간이라는 존재는 참으로 간사하지요."

야현은 빙소해를 올려다보며 천천히 술잔을 비웠다.

빙소해는 공포가 다시금 머릿속에 각인되었는지 눈물 곳물을 흘리며 소리 없이 울부짖었다.

"훗."

야현은 가벼운 조소를 드러냈다.

"항상 그러지요. 항상. 늦었다는 것을 모른 채."

촤아악!

빙소해의 옷이 찢어지기 시작했다.

인간을 정신까지 지배하기 위해서는 공포와 함께 이겨내지 못할 수치심을 주어야 한다.

빙소해는 입을 꾹 닫은 채 연신 고개를 저었다.

그러나 그녀의 옷은 희망과 달리 갈기갈기 찢어져 갔다.

딱!

야현은 손가락을 튕겨 그녀의 목소리를 막고 있는 마력을 지웠다.

"제발! 제발!"

그 사이에도 그녀의 옷은 더 찢어지고 있었다.

"실망이군요. 그 말뿐인가요?"

"말할게요. 말할게요. 그러니 제발!"

좌악!

원하는 대답이 나오지 않자 야현이 미간을 찌푸렸고, 동시에 그녀의 겉옷이 가루가 되어 사방으로 흩날렸다.

"궁주님이 사경을 헤매고 있습니다. 그러기 위해 소림사의 대환단이 필요하여 비공식적으로……."

"흠."

야현은 고개를 끄덕이며 정자 아래 여전히 대기하고 있던 시녀를 바라보았다.

왜 빙소해가 공포 속에서도 입을 닫았는지 알 수 있었다.

이 사실이 외부로 알려지면 북해빙궁의 존재마저 위태로워질 수 있을 정도로 중대한 사안이었던 것이다.

"어? 어……."

시녀가 뭐라 말을 꺼내기도 전에 그녀의 몸이 허공으로 훌쩍 날아올랐다가 아래로 떨어졌다.

퍽!

시녀의 머리는 연못 가장자리를 이루고 있는 바위에 부

딪히며 그대로 절명했다.

"흑오."

"예, 주군."

"애석한 죽음이니 가족에게 위로금을 넉넉히 챙겨주세요."

동시에.

콰당.

반라가 되기 일보 직전인 빙소해가 바닥으로 떨어졌다.

"엘리."

야현이 입을 열자 엘리가 겉옷을 가져와 그녀의 어깨에 걸쳤다.

"가까이 오세요."

주섬주섬 겉옷을 걸친 빙소해는 모든 것을 체념한 듯 야현 앞으로 기어와 무릎을 꿇고 앉았다.

그 모습에 야현의 입꼬리가 말려 올라갔다.

조금 전처럼 바들바들 떨지도 않았다.

공포에서 체념으로 넘어간 것이다.

노예가 된 것이다.

강제적이 아니라 자발적으로.

모든 것을 내려놓으며.

야현은 그런 빙소해를 내려다보았다.

노예 근성을 가진 농노들을 제외하고 억척같이 살아가는 빈민들은 겉으로는 순응하고 목숨을 내놓을지 몰라도 이처럼 쉽게 마음을 죽이지 않는다.

반면 귀하게 자란 이들은 이처럼 쉽게 꺾인다.

야현은 등받이에 등을 기대고 오른손으로 술잔을 들며 왼손으로는 빙소해의 머리를 쓰다듬었다.

'북해빙궁이라.'

그리고 남해태양궁, 남만야수궁.

제6장

주춧돌까지 태워버려야겠습니다

다각 다각 다각 다각.

고즈넉한 숲길에 서른 필의 인마가 들어섰다.

숭산 소림사에 오르는 길은 말 그대로 숲길이었다. 장판석을 깔지도 않았고, 하다못해 땅을 다져 만든 길도 아니었다. 그저 오랜 시간 사람들이 오가며 자연스레 만들어진 길이었다.

그 길에 들어선 이들은 북해빙궁이었다.

앞뒤로 선 설풍대 그 중앙에 빙소해와 낯선 인물이 어깨를 나란히 하고 있었다.

눈매가 날카롭고 강인한 인상의 사내는 바로 야현이었

다.

카이만의 도움으로 외형을 바꾼 것이다.

그리고 현재 그의 신분은 설풍대주이기도 하였다.

"운치가 제법이군."

야현은 북해빙궁 일행들과 박자를 맞춰 느리게 말을 몰며 주변 풍광을 느긋하게 감상했다. 급할 이유도 없거니와 일단 손님으로 온 이상 예의를 갖춰야 했기에 거칠게 말을 몰지 않았던 것이다.

구불구불한 산길을 제법 올라가니 거대한 비석 하나가 눈에 들어왔다.

숲과는 전혀 어울리지 않는 네모 반듯한 비석이 세워져 있었고, 그곳에 웅장한 필체로 붉은 세 글자가 각인되어 있었다.

하마비(下馬碑).

무당파 해검지(解劍地), 마교의 천마등선비(天魔登仙碑)와 함께 무림 삼대 예지(禮地)로 불리는 곳이었다. 하마비는 말 그대로 이곳에서는 신분 고하를 떠나 모두가 말에서 내려야 함을 알린다.

객으로 온 만큼 야현과 빙소해, 그리고 설풍대원들은 말에서 내려섰다.

얼마 올라가지 않아 산문이 보였다.

"아미타불."

산문을 지키고 있던 무승이 다가와 반장을 하였다.

"어디서 오신 시주분들이신지요?"

"북해빙궁에서 왔습니다."

야현이 앞으로 나서서 포권을 취하며 대답했다.

"저를 따라오시지요."

이미 전갈을 받은 듯 무승은 이내 그들을 접객당으로 안내했다.

무승이 안내한 접객당은 일반적으로 알려진 곳이 아닌 동떨어진 장소에 있는 자그만 전각이었다. 외부의 시선이 차단되는 것은 물론, 경내에서 조금 떨어져 있기에 조용하고 한적했다.

그곳에 들어서며 빙소해는 고개를 끄덕였다.

외부의 시선이 불편한 이들을 위한 곳인 듯싶다. 혹은 그 반대이거나.

"윗전에 소식을 전해놓겠습니다. 그동안 편히 쉬십시오. 아미타불."

무승이 자리를 뜨자, 빙소해와 야현은 정방(正房)에 짐을 풀었고 설풍대원들은 양옆으로 늘어선 상방(廂房)에 짐을 풀었다.

객방에 준비된 차로 시간을 보내고 있을 때쯤 낯선 승려가 찾아왔다.

"소승이 모시지요."

"방장께서 일찍 시간을 내어주시는군요."

빙소해의 말에 승려가 난처한 표정을 지었다.

"죄송하오나 빈객들께서는 방장이 아닌 천불전주를 뵐 것이옵니다."

천불전.

굳이 소림사에서 순위를 따지자면 금강전이 가장 위요, 그다음이 나한전일 것이다. 그리고 그 아래 천불전이 있다.

당연히 빙소해는 불쾌함에 미간을 찌푸렸다. 방장이 시간이 되지 않는다면, 금강전에는 전주가 없으니 적어도 나한전주쯤이 되어야 어느 정도 격이 맞기 때문이었다.

"빈객들을 무시함이 아니라 본사에 사정이 있어 그러한 것이니 너무 불쾌하게 생각지 않으셨으면 합니다. 현재 천불전주께서 현재 방장을 대리하고 있으니 불쾌함을 털어내시지요. 아미타불."

이어진 설명에 빙소해는 표정을 풀 수밖에 없었다.

소림사에 자신이 모르는 긴박한 일이 있는 모양이었다.

빙소해가 자리에서 일어나자 야현도 함께 자리에서 일어났다.

"너희들은 대기하고 있어라."

야현은 얼굴과 잘 어울리는 딱딱한 목소리로 말하며 빙소해와 함께 승려를 따라 접객당을 나섰다.

아무리 고즈넉한 산사라고 해도 천불전으로 향하는 내내 이상하리만큼 착 가라앉은 분위기가 느껴졌다. 그렇다고 고요하기만 한 것은 아니었다.

조용하지만 그 안에 흐르는 긴장감이 느껴진 것이었다.

'생각보다 쉽지 않겠군.'

소림사의 이름에 어울리지 않는 소박함이다.

건물들은 낡았고, 승려들의 옷은 허름했다.

천하의 소림사가 여유가 없어서 궁색한 것은 아니었다.

힘이 있는 곳에 돈이 모이는 법, 재력으로 따지자면 소림사도 어느 방파 못지않을 것이다.

소림사는 무림 방파이지만 그 전에 종교 단체였다.

그 점을 잊지 않으려는 마음가짐인 것이다.

그래서 소림사가 천 년의 세월이 흘렀어도 강한 것이리라.

'마음에 안 들어.'

야현은 미간을 슬쩍 찌푸리며 승려를 따라 천불전으로 향했다.

"아미타불."

눈에 정광이 가득한 노승이 반장으로 야현과 빙소해를 맞이했다.

"천불전을 맡은 원광이라 하오."

"북해의 빙소해예요."

빙소해의 소개 후.

"설풍대를 맡고 있는 냉후라 합니다."

야현은 설풍대주의 이름을 빌려와 자신을 소개했다.

"앉으시지요."

원광의 말에 빙소해는 그의 맞은편 의자에 앉았고, 야현은 자연스럽게 그녀 뒤에 섰다.

"아미타불."

그녀가 자리에 앉았음에도 원광이라고 소개한 천불전주는 야현에게서 시선을 떼지 않았다.

"왜 그리 보십니까?"

야현은 표정의 변화를 보이지 않고 물었다.

"북해의 손님이신데 얼음의 기운이 느껴지지 않아 그러합니다."

"본궁의 인사이오나 설풍대주는 본궁 출신이 아닙니다."

빙소해.

이미 말을 맞춰놨기에 그녀는 자연스럽게 야현을 대신해

대답했다.

"묘하구려."

'원 자 배면 방장과 같은 항렬이군.'

야현은 원광과 눈을 마주했다.

천불전의 상전이라고 할 수 있는 나한전의 전주가 굉허.

바로 원 자의 바로 아래 배분이었다. 즉, 상위 기관의 장이 아랫사람이고, 하위 기관의 장이 윗사람인 기이한 구조였다.

'그래서 소림사가 강한 것일 테고.'

가장 아래 일반 무승들의 수장이 최고 배분의 인물이라는 사실은 소림사에서 이들을 얼마나 중히 여기는지 여실히 짐작할 수 있는 부분이었다.

"어떻게 묘한지 말씀해 주실 수 있겠습니까?"

"사악하게 느껴지나 정대하고, 바르게 느껴지나 악랄함이 숨어 있으니 소승이 딱히 뭐라 정의를 내리기 어렵소이다. 아미타불."

"도가 계열의 심법을 익혔으나 형은 사파의 것을 익혀 그렇게 느끼시는 것 같습니다."

야현은 의도적으로 마기를 숨기고 전진의 내력을 드러냈다.

"정순한 내력이 바탕이오나 사기에 오염된 이유가 그 때문이로군요."

"사파의 형에서 자유로울 수는 없었습니다."

야현은 가볍게 포권을 취하며 대화를 마무리 지었다.

살짝 고개를 숙이는 야현의 눈매는 차갑게 가라앉아 있었다.

천불전주 원광은 분명 전진의 내력 속에 숨은 마기를 엿본 것이었다.

"아미타불."

원광의 불호가 뒤이어 들려왔다.

생각 이상으로 소림사는 거목이었다. 거목의 굵고 깊게 뻗은 뿌리는 단단할 것이다.

'상당한 대가를 치르더라도 반드시 소림사를 무너트려야겠어.'

동시에 소림사에 들어와 보기를 잘했다.

'주춧돌까지 남기지 않으리라.'

야현은 서늘한 미소를 감추며 고개를 들었다.

* * *

'흠.'

천불전주 원광은 묵직한 침음성을 속으로 삼켰다.

설풍대주, 그러니까 야현에게서 느껴지는 마기가 불쾌함을 넘어 긴장감을 줄 정도로 포악하게 느껴졌기 때문이었다.

강하다.

다른 이들은 못 느꼈겠지만 천불전주는 위협을 느낄 정도였다.

'다행 중 다행인가?'

도향(道香) 짙은 정기가 마기를 억누르고 있었다.

마치 맹수의 목에 목줄을 쥔 것처럼.

그로 인해 마기나 사기에 취해 인륜에서 벗어나지는 않을 듯싶었다.

"균형이 깨어지지 않도록 명상하시고 명상하십시오."

"조언 감사합니다."

동문도 아니고, 친분이 있는 것도 아닌 상황에서 참견을 한 셈이다.

불쾌함을 내비쳐도 뭐라 할 수 없는 상황임에도 설풍대주가 조금의 불쾌함도 드러내지 않고 정중하게 감사의 인사를 내비치자 원광은 미약하게 고개를 끄덕였다.

이 정도 성품이면 크게 걱정하지 않아도 될 듯싶다.

"아미타불."

그의 불호에 야현은 다시 한 번 고개를 숙였다.

그제야 원광의 시선이 빙소해에게로 향했다.

"어인 일로 본사를 찾아오셨는지 여쭤 봐도 되겠습니까?"

원광은 좀 더 부드러워진 목소리로 입을 열었다.

빙소해는 쉽사리 입을 열지 못하며 고민하는 눈치였다.

"……방장께서는 언제 돌아오시는지요?"

"음. 아무리 빨라도 두어 달은 걸릴 듯싶습니다. 아미타불."

그 말인즉슨, 그보다 늦어질 수 있다는 말. 정확한 날짜를 말하지 않는 것으로 보아 기약을 장담할 수 없다는 뜻이기도 했다.

빙소해의 미간이 찌푸려졌다.

"오시느라 고단하셨을 터이나 오늘은 편히 쉬시지요."

생각이 복잡하니 시간적 여유를 가지자는 원광의 말에 빙소해는 고개를 끄덕이며 자리에서 일어났다.

"내일 뵙겠어요."

빙소해의 말에 맞춰 야현도 포권으로 인사를 한 후 그녀를 따라 천불전을 나왔다.

그날 저녁.

쪼르르르.

투명한 유리잔에 빙소해가 브랜디를 따랐다.

오묘한 적갈색과 함께 포도 특유 주향이 퍼졌다.

야현은 유리잔을 가볍게 휘저어 브랜디 풍미를 느끼며 목을 축였다.

잔을 비운 야현은 고개를 젖혀 천장을 올려다보았다.

"크하!"

붉은 동공이 눈동자 전체로 확장되었다.

화드득— 화드득!

십여 마리의 올빼미가 야현이 쉬고 있는 접객당 지붕 위로 모여들었다.

껌뻑거리는 올빼미들의 눈동자는 조금씩 조금씩 붉게 변해갔다.

야현의 눈동자가 붉게 변하는 것에 맞춰서.

구우— 구우— 구우—

올빼미들은 구슬프게 고개를 젖히며 울었다.

푸드득!

그리고 일제히 하늘로 날아올랐다.

잠시 후 야현의 붉어진 동공이 다시 검게 돌아갔다.

"난감하겠군."

야현의 말에 빙소해는 지그시 입술을 깨물었다.

"대환단이면 쉽게 얻을 수 있을 물건도 아니거니와 방장까지 출타하고 없으니."

빙소해의 얼굴에 수심이 깊어졌다.

"훗."

야현은 그 모습에 가벼운 웃음을 터트리며 빈 잔을 내려놓았다.

쪼르르.

빙소해는 인형처럼 그의 잔을 다시 채웠다.

"그대의 표정을 보니 궁주의 목숨이 경각에 달린 모양이군."

빙소해는 짧게 몸을 떨었다.

"……."

"물으면 대답을 해."

"궁의(宮醫)의 말에 의하면 반년을 넘기기 힘들 거라고……."

"원인은?"

빙소해의 눈이 한 차례 흔들렸다.

"주화입마를 입었어요."

결국 빙소해는 눈을 질끈 감으며 대답했다.

"자세히 말해 봐."

"궁주께서 빙정의 기운을 다스리지 못해 역으로 집어삼켜지셨어요. 그래서 궁주님의 몸은 서서히 얼어가고 있는 상황이에요."

"그렇군."

허탈할 정도로 성의가 없는 대답.

딱히 궁금해서 물었다기보다 적적한 시간을 채우기 위해서 물었기 때문이었다.

놀림 당했다 여긴 것인지, 아니면 궁주를 위한 마음 때문인지 빙소해는 울음을 터트렸다.

그러나 소리는 내지 못하고 숨죽여 몸을 떨 뿐이었다.

"대환단을 얻지 못하면 무당의 태청단을 구해 주지."

야현의 말에 빙소해가 고개를 번쩍 들었다. 그녀의 뺨에서는 눈물이 흐르고 있었다.

"정말인가요?"

"대환단을 받는 조건으로 북해빙궁이 소림사에게 주는 건?"

"한 번, 어떤 조건이든 상관없이 도와준다는 거예요."

조금 전과 달리 빙소해는 눈물을 훔치며 빠르게 대답했다.

"그럼 바꿔서. 본인에게 줄 수 있는 건?"

빙소해는 곧바로 대답하지 않고 야현을 바라보았다. 그러다가 질끈 입술을 깨물고 난 후 입을 열었다.

"같은 조건……."

탁!

야현이 아공간에서 제법 큰 목함을 꺼내 탁자 위에 놓았다.

상쾌하며 은은한 향이 빙소해의 코끝을 간질였다. 그 향에 빙소해의 눈동자가 요동쳤다.

"이, 이건."

탁탁!

야현은 목함을 손바닥으로 두들기며 미소를 지어 보였다.

"원하시는 바가 있나요?"

빙소해는 목함에서 눈을 떼지 않은 채 물었다.

"대군(大君). 그게 가장 좋아 보이는군."

그 말에 빙소해의 얼굴이 하얗게 탈색되었다.

"그, 그건……."

대군.

궁주의 남편.

북해빙궁은 여인궁이라 불릴 만큼 주요 몇 자리를 제외하고는 모든 수뇌부가 여인으로 구성되어 있었다.

그렇기에 궁주의 남편은 이름처럼 거창한 직위가 아닌, 실권도 없는 허울뿐인 자리다.

단지 그뿐이라면 빙소해가 얼굴이 창백해질 만큼 놀라지

않았을 것이다.

대군에게는 단 한 번, 한빙관(寒氷館)에 들어갈 자격이 주어진다.

문제는 한빙관에는 북해빙궁의 무가지보이자 근원인 만년빙정신수가 있다.

그리고 그 만년빙정신수에 그 결정체인 만년빙정이 존재한다는 것이다.

즉, 대군은 그 만년빙정을 취할 단 한 번의 기회가 있다는 뜻이기도 하다.

취하기만 한다면 북해빙궁을 가지게 되나, 취하지 못하면 육신이 깨져 죽음을 맞이하게 된다.

"서, 설마……."

"본인이 알기로는 이제껏 만년빙정을 취한 대군은 없었던 걸로 아는데. 아닌가?"

야현의 물음에 빙소해는 고개를 끄덕였다.

"그런데 뭐가 걱정이지?"

빙소해는 대답하지 않았다. 아니, 못했다.

"본인을 죽일 좋은 기회가 아닌가? 안 그런가?"

빙소해는 여전히 야현을 직시할 뿐 대답하지 않았다. 그러나 그녀의 눈은 어느 때보다 불안하게 흔들리고 있었다.

제7장

그대들의 이름,
오늘부로 사라질 겁니다

며칠이라는 시간이 흐르고.

빙소해는 침울한 표정으로 야현과 마주앉아 있었다.

그녀의 표정이 좋지 않은 이유는 단 하나, 소림사에서, 정확히는 천불전주 원광이 대환단에 관해 난감함을 표했기 때문이었다.

대환단은 소림사에서도 몇 알 가지고 있지 않을 정도로 귀하다.

원광이 현재 방장 대리라고는 하지만 엄연한 방장은 아니었다.

더욱이 대환단을 사용하기 위해서는 방장뿐만이 아니라

주요 집전주들이 모여 결정을 해야 한다.

평소라면 그러한 회의가 열렸겠지만 지금 대부분의 수뇌부들은 마교와의 전쟁을 위해 본사를 떠난 상태. 원광 홀로 독단적으로 결정할 수 없는 사안인 것이다.

원광은 원광대로 북해빙궁에 빚을 지울 좋은 기회를 놓치는 것에 대해 아쉬움을 가질 뿐이었다.

"무당에서 태청단을……."

"무당에는 태청단이 없다."

빙소해는 믿지 않는 것이 아니라 믿고 싶지 않은 눈빛으로 야현을 바라보았다.

스으윽.

빙소해의 눈은 야현이 가볍게 쓰다듬는 목함으로 향했다.

"왜냐하면, 본인이 모두 가지고 있으니까."

머릿속에 그려지는 잔인한 내일이 주는 암담함을 감추고 싶어서였을까, 빙소해는 눈을 감았다.

빙후(氷后)라 불리는 북해빙궁, 궁주.

그녀는 빙소해에게 있어 어머니나 매한가지였다. 비록 피로 이어지지는 않았지만 그보다 진한 정이 둘 사이에 흐르고 있었다.

'죄송합니다. 궁주님.'

이대로 죽게 내버려둘 수는 없었다.

그녀가 마음을 먹은 이유는 이제껏 천년이 넘는 북해빙궁 역사상 그 어떤 대군도 한빙관의 만년빙정을 가진 적이 없었기 때문이다.

빙소해는 입술을 질끈 깨물었다가 야현을 바라보며 말했다.

"그리하겠습니다."

야현은 목함을 빙소해에게로 내밀었다.

"두 알이야."

목함으로 손을 가져가던 빙소해가 화등잔처럼 눈을 뜨며 야현을 바라보았다.

"뭘 그리 놀라나?"

"……."

"본인은 내 사람들에게는 매우 너그러운 편이지."

빙소해는 그 말을 들으며 목함을 품으로 꼭 끌어안았다. 그녀의 눈을 보니 당장이라도 떠날 듯 보였다.

"닷새 후에 떠나."

"네?"

"적당히 천불전주를 상대하면서 시간을 끌어."

거부할 수 없기에 빙소해는 무겁게 고개를 끄덕였다.

*　*　*

어둠이 깊게 내려앉은 조용한 산사, 소림사.

사원불사의 중심인 대웅보전(大雄寶殿) 지붕 위에 검은 그림자가 스며들 듯 올라섰다.

야현이다.

두 개의 붉은 귀안이 어둠을 깨트렸다.

붉은 두 점은 한 곳으로 옮겨갔다.

이내 미간에 깊은 주름이 파였다.

지금 소림사는 껍데기만 남은 것처럼 보이지만 파고들면 또 다른 알맹이가 존재했다.

저 건물에 모여 있는 이들만 해도 그렇다.

현판조차 없는 자그만 전각.

대체로 수 명 정도 승려들이 있는데 얼핏 보기에는 학승처럼 보인다.

소림사 승려가 맞을까 싶을 정도로 다른 승려들과 교류도 없고, 하루를 수행으로 보낸다. 비록 십여 명의 소수지만 단전이 꿈틀거리게 할 정도로 상당한 내력을 품에 안고 있었다.

이처럼 곳곳 이름 없는 전각들 중 열에 하나둘 정도는 꼭 숨은 잠룡들이 있었다.

일반적으로 천불전에서 무공을 익히고, 나한전을 거쳐 금강전의 무승이 되는 것이 아닌 소수의 전승으로 또 다른 소림사의 무맥을 잇고 있었던 것이다.

무서운 것은 저들은 외부에 전혀 알려지지 않았다는 것이다.

그뿐인가?

승려가 아닌 자.

경내 잡일을 하는 하인.

그중에서 불목하니들.

그들도 상당한 내력을 가지고 있었다.

불목하니마저 소림의 무맥이었던 것이다.

가장 큰 문제는.

야현은 고개를 돌려 저 멀리 산 중턱에 자리한 자그만 암자들을 바라보았다.

흑림.

바로 그들이었다.

『어찌되고 있나?』

『모든 병력들이 순조롭게 호북성에 집결하였습니다.』

독고결의 전음에 야현은 고개를 끄덕였다.

『이틀이면 공간이동진을 활성화시킬 수 있다는 전갈이 옵니다.』

공간이동진은 단체 장거리용 워프 게이트 마법진이었다.

하남성은 소림의 안마당이다.

그들의 시선이 닿지 않는 곳이 없다고 할 정도로 그들의 땅이었다.

그렇기에 소수의 병력이라면 모를까 대군의 병력으로 소림사를 습격하는 일은 쉽지 않다.

조그만 변화도 소림사로 흘러들어 가기 때문이었다.

단숨에 파고들어 목줄을 끊는다.

야현의 붉은 동공이 시퍼렇게 번쩍였다.

핑!

희미한 파음이 야현의 귀를 파고들었다.

스으윽—

동시에 야현의 몸은 어둠으로 녹아 사라졌다.

그가 서 있던 곳에 낙엽 한 장이 너풀거리며 지붕 위로 내려앉았다.

"아닌가?"

낙엽이 날아온 곳에 구부정한 허리의 노인이 고개를 갸웃거리며 서 있었다.

불목하니의 우두머리, 화장(火長)이었다.

"에고고. 허리야."

화장은 주름이 가득한 손으로 허리를 두들기며 대웅보전을 지그시 쳐다보다 몸을 돌렸다. 그리고 느릿한 걸음으로 처마 아래 야밤을 밝혀주는 초롱불을 다시 점검하기 시작했다. 그러다가도 다시 대웅보전으로 시선을 보냈다.

* * *

북해빙궁의 손님이 소림사를 떠나고.

수일 내로 천마성으로 돌입한다는 전서에 천불전주 원광은 혹여나 있을 위험을 방지하고자 산문을 폐쇄하고 봉문 아닌 봉문을 하였다.

그들에게 있어서 최선의 한 수였으나, 야현에게 있어서는 절호의 한 수가 된 악수(惡手)였다.

그리고 밤이 찾아왔다.

대웅보전 지붕.

야현과 함께 카이만이 모습을 드러냈다.

"크크."

야현이 갑자기 잔인한 웃음을 터트리며 다시 그 자리에서 사라졌다.

"꺽!"

대웅보전 앞 소담 앞 거목 그늘 아래 젊은 불목하니의

눈이 부릅떠졌다.

등 뒤에서 뚫고 나온 손이 심장을 으깼다. 고통에 찬 비명이 흘러나오려 했지만, 그 뒤에 선 야현이 손으로 입을 막아 소리를 지웠다.

『뭐 하나? 시작하지 않고.』

야현의 전음에 카이만이 입꼬리를 말아 올리며 눈을 감았다.

후우우웅!

그의 몸에서 마나의 파장이 깨어났다.

마치 속삭이듯 끊임없이 목소리를 흘려 마법 캐스팅을 마친 카이만이 지팡이를 바닥에 내려찍었다.

쿠우우웅!

마치 은은하면서도 넓게 퍼지는 종소리처럼 마나의 파장이 사방으로 퍼져나갔다.

쿠우우웅! 쿠우우웅! 쿠우우웅!

카이만은 연속적으로 지팡이를 찍어 수 개의 마나 파장을 만들어냈고, 그 파장은 다시 모여 하나의 마법진을 발현시켰다.

파앗!

십여 개의 빛 무리가 어둠을 뚫고 하늘로 치솟아 올랐다.

빛 무리와 함께 일천오백 명에 가까운 병력들이 모습을 드러냈다.

"산개!"

베라칸의 짧은 명에 대를 이룬 병력들이 사방으로 흩어졌다.

그 명을 내린 후 베라칸은 적랑 기사단과 함께 야현에게로 다가가 군례를 취했다.

야현은 시선은 그들이 아닌 저 멀리 산 중턱에 자리한 흑림으로 향해 있었다.

"훗!"

그리고 잔인한 웃음을 드러냈다.

*　　*　　*

짙은 어둠이 들어선 혼야(昏夜).

대웅보전을 시작으로 소림사 주요 경내 앞마당에서 검은 빛 무리가 폭발하듯 솟아올랐다.

"재미난 세상입니다."

등 뒤에서 들려온 목소리에 야현은 고개를 돌렸다.

시선이 마주친 그는 붉은 날개가 각인된 갑옷을 입고 있었다.

가고일 붉은 날개 기사단장, 콰스타였다. 그가 짧게 군례를 취했다. 그의 몸에서 은은한 투기가 흘러나오고 있었다.

"충!"

"충!"

콰스타를 따라 일제히 군례를 취하는 붉은 날개 기사단원 가고일들도 가벼운 흥분과 함께 투기를 풀풀 날리고 있었다.

소림사의 저력을 눈으로 확인한 야현은 일천 명에서 일천오백 명으로 병력을 증원하였다.

단순히 병력 수만 늘린 것이 아니었다.

사자는 토끼를 잡을 때에도 최선을 다한다고 한다.

더욱이 소림사는 토끼가 아니다.

조용하지만 거대하고 흉포한 곰이었다.

기존 혈사련의 정예 병력에 암흑 제국의 주요 병력을 합류시킨 것이었다.

"새로운 땅에 온 것을 환영하네."

야현의 미소에 가고일의 죽었던 투쟁심이 깨어났다.

"본단이 상대할 자는 누구입니까?"

야현이 다시 산중턱에 자리한 흑림을 쳐다보았다.

"느껴지나?"

"크르르르르."

콰스타의 입에서 짐승의 웃음소리가 흘러나왔다.

"베라칸."

야현이 베라칸을 불렀다.

"충."

"그대는 이곳에 남아 혈사련을 지휘하라."

"명!"

베라칸이 대답하자 야현은 고개를 돌려 콰스타를 비롯한 붉은 날개 기사단원 가고일들을 보며 입꼬리를 말아 올렸다.

"새로운 세상, 새로운 싸움에 온 것을 환영한다. 가자!"

"크르르르!"

"크하앗!"

"크하앗!"

붉은 날개 기사단원들은 수백 년의 침묵을 깨고 다시 마계의 전사로 돌아와 일갈을 터트리며 야현을 따라 소림사 뒤편 산중턱으로 날아올랐다.

*　　*　　*

자그만 암자에 불단이라고 부르기에도 민망할 정도로 허

름한 목단, 그 위에 칠이 벗겨진 자그만 불상이 놓여 있었다.

불 꺼진 불당 안에 한 노승이 가부좌를 튼 채 앉아 있었다.

"나무아미타불, 관세음보살."

노승은 손 안에서 염주를 돌리며 참선을 행하고 있었다.

"부디 많은 피가 흐르지 않게 하소서, 나무아미타불 관세음……. ……!"

노승의 입술이 굳게 닫히며 새하얀 눈썹이 꿈틀거렸다.

파르르 떨리는 눈을 부릅떴다.

노승의 몸이 그 자리에서 팽그르 돌았고, 암자 문이 벌컥 열렸다.

시선 아래 웅대한 소림사의 전경이 눈에 들어왔다.

그리고 경내 곳곳에서 솟아오른 검은빛 기둥.

노승의 눈동자가 흔들렸다.

맨몸으로 삭풍을 마주한 것처럼 살을 에는 듯한 마기가 노승의 몸을 베고 지나갔다.

노승의 몸은 화살처럼 암자를 벗어나 허공을 밟고 섰다.

"사백님."

"사백조님."

흑림에서 살아 있는 부처라 불리는 노승, 혜송 주위로

근 스무 명에 달하는 노승과 약간의 시간 차이를 두고 흑복을 입은 젊은 무승들이 모습을 드러냈다.

"마교의 무리인가?"

"마교의 무리는 아닌 듯싶구나."

누군가의 독백에 혜송이 그의 생각을 정정해 주었다.

"그러면 누구랍니까?"

분기에 찬 물음이 바로 이어졌다.

"이토록 이질적인 마기는 나도 처음 접하는구나."

말을 마치다 말고 혜송은 미간을 찌푸렸다.

"이런! 마기가 아니라 악기(惡氣)로구나. 어찌 인세에 저런 기운이 나왔을꼬."

혜송은 부드러운 표정과 달리 단호한 눈빛을 발산하며 소림사 후원에서 이어지는 오솔길을 내려다보았다. 오솔길 주위, 병풍처럼 늘어진 수풀 위로 검은 인영들이 빠르게 올라오고 있었다.

"아아악!"

"으악!"

소림사 경내에서 울려 퍼지는 죽음의 단말마가 메아리가 되어 올라왔다.

"아미타불."

혜송은 고개를 들어 반짝이는 별들을 올려다보았다.

"오늘 살계를 열어야 할 듯싶으이."

"사백조, 우리가 아니면 누가 살계를 열겠습니까? 으하하하!"

아마 민머리에 계인이 없었다면 마치 뒷골목 불한당처럼 보였을 거구의 노승이 가슴을 탕탕 치며 말했다.

"이놈들아! 금강의 철장 맛을 보여주마!"

마치 야차와 같은 노승의 법명은 무건이었다.

지금이야 은거를 했다지만 광승이라는 별호 아닌 별호로 금강전 광목천왕으로 전시대를 풍미했던 고수였다.

무건은 광목천왕의 용을 닮은 쇠로 만든 지팡이를 휘두르며 오솔길로 땅을 박차고 몸을 날렸다.

"컥!"

호기롭게 몸을 날렸던 무건은 마치 장면을 거꾸로 되돌리듯 피를 뿜으며 날아와 땅바닥에 처박혔다.

"무, 무건아!"

그의 스승이었던 일연이 재빨리 무건을 품에 안으며 소리쳤다.

"푸학!"

무건은 검은 피를 토해내며 스승인 일연을 올려다보았다.

짧은 눈맞춤을 마지막으로 무건의 목은 아래로 꺾여 떨

어졌다.

"무건아……."

스승 일연은 무건을 깊게 안은 뒤 시신을 고이 바닥에 내려놓았다.

그리고 불가에 귀의한 승려답지 않게 붉게 충혈된 눈으로 가까이 다가오는 검은 그림자를 올려다보았다. 정확히는 검은 그림자 안에서 붉게 타오르는 듯한 두 개의 안광이었다.

쿵!

일연은 주먹을 움켜쥐며 그림자를 향해 몸을 날렸다.

팡!

일연은 단 일수에 죽여 버리겠다는 마음 하나에 단전이 찌릿할 정도로 내력을 폭주시켜 일권을 내질렀다. 그가 만들어낸 무형의 기운이 유형의 바람을 찢으며 그림자, 야현의 가슴으로 파고들었다.

"……!"

권강이 완벽하게 가슴으로 파고들었다고 확신이 든 순간, 일연의 눈에 히죽 웃는 야현의 미소가 보였다.

야현은 몸을 젖히듯 어깨를 틀었다가 앞으로 주먹을 내질렀다.

콰과과곽!

일연의 눈동자가 서서히 커졌다.

야현의 일권에 권강이 마치 종잇장처럼 찢어지고 있었기 때문이었다.

필생의 내력이었다.

그리고 말년에 얻은 심학을 모두 이 일권, 수림사의 정수라 할 수 있는 일보신권에 담아 펼쳤다.

그런 권강이 찢어졌다.

무리의 허점을 파고든 것도 아니었다. 더욱 뛰어난 묘리로 누른 것도 아니었다.

순수한 힘.

말 그대로 압도적인 힘으로 찢어버린 것이었다.

'어, 어떻게…….'

흑림 무승 중 애초에 흑승으로 키워진 소수의 젊은 제자들 외에 대부분의 흑승들은 무림에서 한 발 물러나 은거에 들어간 이들이었다.

그렇다고 소림사 무승들이 모두 흑림에 편입되는 것은 아니었다.

무림에서 위명을 날렸든 말든 소림사 내에서 최고의 반열에 들어야만 들 수 있는 곳이었다.

또한 소림사 무공은 외공과 더불어 장대한 내공을 자랑한다.

그런 소림사의 항렬에서 많아야 두세 명 정도가 흑림에 들어온다.

더불어 일연은 전대 항렬도 아닌 전전대 항렬이었다.

무림의 인연을 끊고 흑림에 들어온 지도 언 일갑자의 세월이었다.

번민이 없으니 참선의 깊이는 더욱 깊어졌고, 흑림에 들어오기 전보다 두어 배는 강해졌다.

적어도 천하에 내공만큼은 뒤지지 않을 것이라 여겼었다.

그런 자신감이 권강과 함께 산산이 부서졌다.

"큭!"

갈기갈기 찢어진 권강 사이로 야현의 마기가 일연의 가슴에 송곳처럼 파고들었다.

지독한 기운에 일연의 눈이 부릅떠졌다.

'아, 악기!'

마인의 마기와 달랐다. 느낌은 그와 비슷했지만, 그 안에 담긴 성질은 아니었다.

"꺼억!"

마치 칼날이 목에 파고든 것처럼 지독한 고통이 뒷덜미를 타고 머리를 흔들었다.

'이, 인간의 것이 아니야…….'

일연은 고개를 돌려 그 사실을 말하려 했으나 그의 바람은 이뤄지지 않았다.

동시에 유달리 새하얀 송곳니가 그의 눈에 가득 담겼다.

콰과과광!

일연의 몸은 단 일 수에 피육으로 갈가리 찢어져 제대로 된 육신조차 남기지 못했다.

"하아—."

그런 혈우 사이로 새하얀 무복을 입은 야현이 허공에서 모습을 드러냈다.

'허공답보!'

흑승들은 허공을 밟고 서 있는 야현을 보며 입술을 깨물었다. 그러나 이내 두 눈마저 부릅떠야 했다. 그 뒤로 모습을 드러낸 서른 명 모두가 허공을 밟고 서 있었기 때문이었다.

"시주는 누구신가?"

"야현이라고 합니다."

야현의 대답에 혜송의 표정이 어두워졌다.

"그런가?"

"짐작하시는 대로 소림사의 현판, 오늘부로 사라질 겁니다."

제8장

이보다 근사한 모닥불은 없을 겁니다

“말이 험악하구려!”

일연의 가사 자락이 내력에 휘말려 나부끼기 시작했다.

“과연! 저 치들을 보니 무장의 나라라는 말이 무색하지 않습니다. 소장도 인간에게서 이 정도의 마나를 느낄 줄은 몰랐사옵니다.”

전투를 위해 태어나고 살아간다는 가고일 종족답게 콰스타는 웃고 있었다.

“실력만으로 본다면 이 대륙의 정점에 서 있는 이들이야.”

야현의 말에 콰스타는 묵묵히 고개를 끄덕이며 흑림의

무승들을 훑었다.

동시에 그의 몸에서도 짙은 마기가 스물스물 피어났다.

파삭! 파사사삭!

일연과 콰스타는 동시에 명령을 내렸고, 기다렸다는 듯 둘의 기운이 서로 부딪혔다.

일연은 눈가를 찌푸렸고, 콰스타는 입가를 말아 올렸다.

"살계를 열라!"

"기다리던 전장이다! 가라!"

누가 먼저라고 할 것도 없이 일연과 콰스타는 동시에 소리쳤다.

쾅! 콰과— 파바방!

그 명에 흑림의 무승들과 붉은 날개 기사단원, 가고일들이 일제히 부딪혔다.

그리고 일연과 콰스타도 서로를 향해 주먹을 내질렀다.

콰과과과과광!

엄청난 두 힘의 격돌.

그 여파는 마치 벼락이라도 내리꽂힌 것처럼 큰 파장을 만들어냈다.

"큭!"

"컥!"

일연과 콰스타는 서로의 힘을 이겨내지 못하고 뒤로 주

르르 밀려났다.

"실망이야."

야현이 피식 웃음을 터트리자.

"망신도 이런 망신이 없군."

콰스타는 먼지 묻은 머리를 털며 몸을 세웠다.

후오오오오—

그런 그의 앞에 다시 기운이 폭주하듯 휘몰아쳤다. 비슷하게 몸을 세운 일연의 내력이었다.

피식 웃음을 보였던 콰스타의 입가에 미소가 사라졌다.

일연의 힘은 그도 긴장할 수밖에 없을 정도로 컸기 때문이었다.

"하앗!"

일연은 기합과 함께 콰스타를 향해 크게 진각을 밟으며 일권을 내질렀다.

소림사라 하면 백보신권을 떠올린다.

그만큼 소림을 대표하는 절예이기도 하다.

그러나 그에 못지않은 절기가 있었다.

금강불인(金剛佛印)!

세간에는 잘 알려지지 않았지만 백보신권에 뒤지지 않는 절기가 일연의 주먹에서 펼쳐졌다.

쿠웅!

일연의 주먹에서 터지듯 튀어나온 권강.

특이하게도 강기는 마치 부처를 보는 듯 좌불(坐佛) 형상이었다.

모골이 오싹할 정도로 섬뜩한 기운이었다.

진체(眞體)라면 일연의 강기를 손쉽게 막을 수 있겠지만, 지금은 인간의 탈을 쓰고 있었다. 콰스타는 입술을 지그시 깨물며 양팔을 교차시켜 일연의 금강불인이 만들어낸 권강을 막아야 했다.

콰과광!

충격은 예상 이상이었다.

콰스타는 일연의 엄청난 힘을 이기지 못하고 뒤로 날아가 나무에 처박힌 뒤 바닥으로 떨어졌다. 일연의 권강이 얼마나 강했던지 콰스타의 강철로 만들어진 흉갑이 마치 찢어진 것처럼 조각조각이 날 정도였다.

쾅!

"크흐으!"

콰스타는 흉포한 울음과 함께 바닥을 주먹으로 때리며 몸을 일으켰다.

카가가각! 컹!

콰스타는 찢어지고 부서진 흉갑을 벗어 버리며 일연을 노려보았다.

쿵!

일연은 마치 진각을 밟듯 한 걸음 내딛으며 낮게 기수식을 취했다.

"크크크크!"

콰스타는 살기 어린 웃음을 터트리며 허리를 세우고 일연을 향해 걸음을 내디뎠다.

두둑!

경련이 인 듯 콰스타의 오른팔이 뒤틀렸다.

그 떨림은 왼팔에서도 일어났고, 목과 가슴으로 이어졌다.

우드득!

목까지 뒤틀린 콰스타의 몸이 웅크려졌다.

"크르르르!"

그리고 이어진 울음소리.

"……!"

콰스타의 피부가 서서히 잿빛으로 변해 가는 모습에 일연의 눈이 부릅떠졌다.

단지 콰스타의 피부가 검게 변하고 몸 곳곳이 뒤틀려서가 아니었다.

팔다리가, 목이, 몸이 뒤틀릴 때마다 콰스타의 몸집은 거대해졌다.

그러나 그게 끝이 아니었다.

"크하아악!"

고통에 찬 비명인지 아니면 흉포한 울음인지 콰스타는 몸을 숙여 울부짖었고, 견갑골 부분의 피부가 찢어질 듯 불룩 솟아났다.

좌아아악!

이내 피부가 찢어지고 거대한 날개가 튀어나왔다.

그의 울음도 멈췄다.

펄럭!

거대한 날개가 불편하게 움직이는가 싶더니 이내 자연스럽게 날갯짓을 하며 콰스타는 허공으로 날아올랐다.

"크하아앗!"

한 자가량 허공에 떠오른 콰스타는 일연을 향해 흉포한 울음을 터트렸다.

"……아미타, 불."

인간이 아닌 형세와 더불어 살기가 번들거리는 콰스타의 금안과 마주한 일연의 얼굴은 눈에 띄게 굳어 버렸다.

*　*　*

칙칙한 피부.

누런 눈동자.

거대한 몸집.

박쥐의 것을 연상케 하는 거대한 날개.

그에 어울리는 뾰족한 이빨과 비수처럼 날카로운 손톱.

'지옥의 야차인가? 아니면 명계 십왕(十王)의 눈을 피해 살아가는 요괴인가?'

일연은 눈앞에 거대한 몸집을 일으키는 가고일, 콰스타의 일신에 평정심이 흐트러졌다.

'항마!'

불도로서 마를 제압한다.

'스스로 불이 되어 마를 지우리라!'

흔들리던 일연의 눈동자가 굳건해졌다.

일연은 합장하며 눈을 감았다.

무시할 수 없는 적이 바로 눈앞에 서 있었지만 일연은 그 어느 때보다 평온했다.

'우화등선이 별것인가? 열화가 되어 승천하는 것도 등선이 아니던가?'

구오오오오—

거센 울림.

그 울림은 일연의 생(生)인 진신내력이었다. 모든 것을 버린 삶의 마지막 울음인 것이었다.

생의 마지막 울음.

깊이가 다르다.

일연을 향해 투기를 폭사하며 다가서던 콰스타가 걸음을 멈췄다.

기분 나쁜 끈적한 기운이 품으로 파고드는 비수처럼 섬뜩하게 바뀐 탓이다.

"조심해."

콰스타는 그저 일연의 내력이 증폭되었다고만 인지할 뿐이었지만 야현은 그가 진신내력을 터트렸음을 알아차렸다.

『드디어 피가 끓어오릅니다. 크르르르!』

콰스타도 더욱 짙은 투기를 뿜어내며 하늘로 날아올랐다.

팟! 팟! 팟!

동시에 눈을 뜬 일연도 금강부동신법의 행으로 잔상을 남기며 허공으로 몸을 띄워 콰스타와 눈높이를 맞췄다.

"아미타불!"

『크르르르!』

펄럭거리던 콰스타의 날개가 크게 펼쳐지는가 싶더니 실선의 잔상을 남기며 앞으로 튀어 나갔고, 일연은 허공을 격하듯 잔상을 지우며 콰스타에 맞서 모습을 드러냈다.

쾅! 파앙—

둘의 격돌이 만들어낸 파음과 그로 만들어진 후풍이 사방으로 터져나갔다.

그 파음은 전쟁을 알리는 전고(戰鼓)의 울림이었다.

쾅! 쾅! 쾅! 쾅! 쾅!

그 여파는 살이 떨릴 정도로 광폭했다.

오죽했으면 전장에서 태어나 전장에서 죽는다는 가고일들마저 적을 눈앞에 두고 뒤로 물러나 둘의 싸움을 지켜볼 정도였다.

'대단하군!'

둘의 싸움, 정확히는 일연을 보는 야현의 눈매가 가늘어졌다.

일연의 힘은 천마와 대등하지 않을까 싶을 정도로 강했다.

비록 목숨을 초개처럼 내던지고 진신내력마저 터트렸다지만 확실히 신선한 충격이었다.

그들의 싸움을 보고 있자니 피가 뜨거워졌고, 천마를 떠올리니 피가 끓어올랐다.

전에도 싸움을 피하지 않았고, 승리를 위해 선봉도 마다하지 않았던 자신이었지만 이 정도는 아니었다.

'갈리오스 공작.'

그의 영향일 것이다.

야현은 주먹을 말아 쥐었다.

단단한 힘이 주먹에서 느껴졌다.

콰앙!

묵직한 폭음과 함께.

『크허어엉!』

피를 토하며 꿈틀거리는 일연을 한 발로 밟은 채, 콰스타가 가슴을 주먹으로 치며 괴성을 질렀다. 승리에 도취한 듯한 모습이었다.

『크하아아악!』

『크하아앙!』

수장의 승리를 본 붉은 날개 기사단원인 가고일들도 괴성을 터트리며 인간 형상에서 탈피, 진체를 드러냈다. 그리고 흉포한 기세로 흑림 무승들을 향해 달려들었다.

제법 비등하던 싸움의 균형이 일방적으로 무너지기 시작했다.

야현의 입꼬리가 살짝 말려 올라갔다.

'아마 절세의 고수가 보검을 손에 쥔다면 이런 기분일까?'

"으아악!"

"아, 악마……."

"지옥의 문이……. 크악!"

시간이 흐름에 따라 흑림 무승들의 목숨이 하나둘씩 사라져 갔다.

흑림과의 싸움.

가고일을 향한 야현의 처음이자 마지막 시험이었다.

그들의 힘을 잘 알고 있었지만 그건 어디까지나 갈리오스 공작을 통한 간접적인 경험일 뿐이었다.

역시나 강하다.

쓸데없는 기우라 할 수 있겠지만 무엇이든지 확실한 것이 좋다.

"콰스타."

『하명하시옵소서.』

"알아서 마무리 짓도록."

『……?』

"그대들의 싸움을 보고 있자니 본인도 피가 끓어오르는군."

『크르르르르르!』

콰스타의 웃음에 야현이 희미한 미소를 보이며 그 자리에서 사라졌다.

* * *

대웅보전.

앞마당에 일천 명가량의 혈사련 사파인들이 일천 명이 조금 못 되는 무승들을 압박하고 있었고, 소림사 무승들은 몇 겹의 나한진을 펼쳐 그들을 대항하고 있었다.

그 중앙에 천불전주 원광이 노기에 찬 얼굴로 무승들을 지휘하고 있었다.

천하 3대 절진답게 나한진은 탄탄하기 이를 데 없어 혈사련 사파인들이 끊임없이 공격해 들어갔지만 좀처럼 타격을 주지 못했다.

또한 몇 겹으로 되어 있는 나한진은 그 중심으로 향할수록 어리고 무공이 약한 무승들이 자리하고 있었다. 그렇다 보니 가장 외곽에서 나한진을 구성하고 있는 무승들도 쉽사리 진을 파하고 살계를 열 수 없었다.

격렬하게 시작된 싸움은 시간이 흐름에 따라 지지부진하게 바뀌었다.

스읔!

야현은 어두운 밤하늘에 물들듯 대웅보전 위 하늘에 모습을 드러냈다.

소림사 경내 곳곳에 화염이 일고 있었다.

불길에 휩싸인 건물의 수가 늘어갈수록 죽음의 비명은 조금씩 줄어들고 있었다.

야현은 시선을 아래로 내렸다.

나한진을 구성하여 혈사련에 대항하는 천여 명의 소림사 무승들의 모습이 눈에 들어왔다.

이들이 소림사에 살아남은 마지막 무승들일 것이다.

지지부진한 싸움.

히죽!

그 싸움에 야현은 새하얀 송곳니를 드러내며 웃었다.

끓어오르는 피를 식힐 전장으로 딱이었다.

팡!

야현은 갈무리한 마기를 폭출시켰다.

"자리를 지켜라! 뒤를 받쳐라!"

천불전주 원광은 무승들을 독려하며 대웅불전 위, 숭산 중턱에 자리한 암자를 쳐다보았다.

흑림.

원광이 반격하지 않고 최대한 피해 없이 방어에 치중하는 이유였다.

소림의 숨겨진 칼이자 마지막 힘인 흑승들이 와도 벌써 왔을 시간이다.

불길한 마음이 든 듯 그의 눈동자는 미세하게 흔들리고 있었다.

화르르륵!

불길은 언제나 들어맞는다고 했던가?

자그만 불이 보이는가 싶더니 순식간에 거대한 화마가 되어 흑림 암자를 집어삼켰다.

'아…….'

마치 때를 맞추었다는 듯.

팡!

묵직한 기파가 머리 위에서 터졌다. 원광은 재빨리 고개를 들어 하늘을 올려다보았다. 머리 위에 떠 있는 야현이 그의 시야에 들어왔다. 그리고 그와 눈이 마주쳤다.

"……!"

지독하게 차가운 미소에 원광은 저도 모르게 몸이 굳어졌다.

쾅!

야현은 바위가 떨어지듯 원광 앞으로 내려섰다. 그리고 원광을 향해, 식(式)도 없는 투로(套路)도 없는 가장 원초적인 폭력의 행위로 주먹을 내질렀다.

'헙!'

원광은 재빨리 양팔을 교차하여 야현의 주먹을 막으려 했다.

콰직!

마치 갈대가 부러지듯 원광의 양팔이 부러졌다.

콰광!

야현의 주먹은 원광의 양팔을 부수고 가슴을 후려쳤다. 동시에 마기를 터트렸다.

"……."

원광의 상체는 벽력탄이 폭발하듯 터져 사라지고, 겨우 형체만 유지한 하체는 삐거덕 바닥으로 쓰러졌다.

"오라!"

야현은 양손을 활짝 펴 날카로운 손톱을 드러내며 사납게 외쳤다.

* * *

대웅보전 앞, 일천 명이 못되는 무승들이 만들어낸 일곱 겹의 나한진.

뭐라고 해야 할까.

그건 마치 거대한 거북이 같았다.

단단한 껍질을 두른 거북이.

그 단단한 껍질 안에 연약한 몸을 숨기면 좀처럼 상처를 입힐 수 없는 동물이었다.

콰직!

야현의 신형이 앞으로 주욱 늘어나고, 그의 주먹이 한 무승의 머리를 단숨에 부쉈다.

"흐압!"

"하앗!"

두 명의 무승이 결연에 찬 얼굴로 야현을 향해 봉을 휘둘러왔다.

나름 매서운 일격.

그러나 야현의 입가에서 피식 짧은 웃음이 튀어나왔다.

부나방.

죽을 줄 모르고 불길에 몸을 던지는 미물.

'부나방은 아니로군. 제 죽을 자리를 아는 것을 보면.'

야현은 두 무승의 눈에서 죽음을 읽었고, 이내 생각을 정정했다.

콰직— 퍼석!

야현은 압도적인 힘으로 봉을 부수고 두 무승의 머리와 허리를 으스러뜨렸다.

"크흐흐!"

야현은 허리가 부러져 신음하는 무승의 머리를 발로 밟아 으깨고는 주위를 노려보며 낮게 울었다.

"크하아아악!"

그리고 한 마리 짐승처럼 크게 한 발 내딛으며 흉포한

울음을 내질렀다.

그 울음과 붉은 눈빛을 마주한 무승들은 움찔거리며 뒤로 밀려나듯 뒷걸음쳤다.

야현은 그런 무승들을 향해 다시 몸을 날렸다.

"으아악!"

"꺼억!"

야현의 주먹은 거칠게 보일 정도로 단순했다.

그러나 일수(一手) 일살(一殺).

일방적인 학살이었다.

외부가 아닌 내부가 흔들리자 단단하던 나한진도 흔들리기 시작했다.

"갈!"

결국 내부에서 처참하게 유린되어 죽어가는 어린 무승들의 죽음에 분노한 무승들 몇이 나한진에서 나와 내부로 뛰어들었다.

"흐읍!"

야현이 깊게 숨을 들이마셨다.

꾹!

마기가 온몸을 휘감았다.

강한 힘을 응축하게 된 근육이 살짝 부풀어 올랐다.

입고 있던 옷이 살짝 작게 느껴졌다.

"하압!"

야현은 자신의 머리 위로 날아드는 한 무승을 올려다보며 보폭을 벌려 신형을 살짝 아래로 낮췄다.

꾹!

그리고 양발을 바닥에 살짝 비비고는 하체를 단단히 만들며 오른손을 꽉 쥐었다.

쿵!

묵직한 기운이 오른손에 몰리며 마치 몸이 하나의 종(鐘)이 된 것처럼 울림이 만들어졌다.

그 울림은 곧 힘이었다.

갈리오스 공작의 힘이기도 했던, 순수한 마족의 힘, 마기!

꾸욱—!

야현의 주먹 위로 칙칙한 검회색의 기운이 아지랑이처럼 피어났다.

"크핫!"

그리고 일권을 내질렀다.

파삭!

야현의 머리 위로 뛰어내리던 무승의 신형이 마치 누군가가 지워버린 듯 사라졌다.

다만 그가 있던 허공에 붉은 안개가 잠시 피어났다가 붉은 물방울이 되어 후드득 바닥으로 떨어지고 있었다.

파삭! 파사사삭!

약간의 시간차로 함께 뛰어들었던 무승들 역시 한 줌의 핏물이 되어 사라졌다.

"크르르."

야현은 얼굴을 일그러뜨리며 분노했다.

가슴 한구석을 꽉 막고 있는 갈증이 풀리지 않았다.

'왜?'

갈증을 풀기 위해 전장 한가운데로 뛰어들었다.

잠시 갈증이 채워지는가 싶었지만 아니었다.

'왜?'

풀리지 않는 의문.

"이놈!"

나한진 외곽에서 노성이 터졌다.

추레한 차림의 중늙은이가 나한진 중앙, 바로 야현 앞에 모습을 드러냈다.

'……!'

그를 보자 야현의 동공이 살짝 커졌고, 이어 눈두덩이 씰룩거렸다. 이내 그의 눈이 웃음기를 머금으며 호선을 그렸다.

"크크크크."

중늙은이 뒤로 비슷한 기운을 가진 여섯 명의 사내들이 모습을 드러냈지만, 야현은 오로지 그만 뚫어져라 바라보았다.

"육신을 갈아 마셔도 시원찮을 놈이로구나!"

묵직한 기운.

적의가 담긴 그 기운에 마기가 꿈틀거렸다.

"그랬군. 그랬었어."

야현은 허리를 펴고 그를 바라보다.

"크하하하하!"

대소를 터트렸다.

"갈!"

중늙은이는 크게 웃음을 터트리는 야현을 향해 노기를 분출했다.

구오오오오!

야현의 몸에서 엄청난 기운이 흘러나왔다.

압도적인 기운에 중늙은이가 흠칫하였고, 나한진을 구성하던 무승들은 창백한 얼굴로 두어 걸음씩 뒷걸음을 쳤다.

쾅!

야현은 무릎을 꿇듯 주먹으로 땅바닥을 내려쳤다. 얼마나 강하게 내려쳤던지 주먹이 장판석을 깨고 손목이 보이지 않을 정도로 땅을 파고 들었다.

씨익—

야현의 얼굴에 지독한 웃음이 피어났고,

그 웃음에 중늙은이의 표정이 변했다.

섬뜩한 무언가를 느낀 것이다.

"피……."

불길한 직감에 소리치려 했지만.

콰과과과과과과과광!

야현을 중심으로 사방으로 폭발이 일며 수십 수백의 홍염이 장판석을 뚫고 하늘로 치솟아 올랐다.

홍염의 화마는 단숨에 천여 명의 무승들을 집어삼켜 버렸다.

대웅보전 앞.

살아남은 이는 야현과 중늙은이, 그리고 그와 함께 모습을 드러낸 여섯 명의 사내들과 뒤로 멀찌감치 물러난 혈사련 사파인들뿐이었다.

즉, 대웅보전 앞 전장이라는 무대에 서 있는 이는 야현과 중늙은이, 그리고 허름한 복장을 한 여섯 명의 사내들뿐이었다.

"이, 이!"

중늙은이는 핏발이 선 눈으로 온몸을 부들부들 떨며 야

현을 노려보았다.

살기가 가득한 기운이 야현의 몸을 옥죄었다.

"아!"

야현은 그 기운에 마치 잊어버렸던 무언가를 떠올린 듯 자그만 신음을 터트렸다.

"그대였군요."

야현은 북해빙궁 일행과 함께 소림사에 머물면서 간간이 묘한 기운을 느꼈었다.

그러나 당시에는 운행이 자유롭지 못하다 보니 자세히 알아내지는 못했었다.

"소림의 숨겨진 무맥. 또 하나의 흑림이라고 해야 하나요?"

야현의 말에 중늙은이, 불목하니들의 우두머리인 화장의 표정이 급격히 굳어졌다.

"안 그래도 흑림을 수하들에게 넘기고 답답했었는데, 그대들이 본인의 갈증을 풀어줘야겠어요."

야현의 갈증.

그건 강자에 대한 목마름이었다.

그리고 이 목마름은 천마를 죽이고 나서야 풀릴 것이다.

야현은 불목하니 화장을 바라보며 양팔을 들어 올렸다.

화르르르륵!

마치 기다렸다는 듯이 대웅보전에 거대한 화마가 피어올랐다.

"이보다 근사한 모닥불은 없을 겁니다. 안 그런가요?"

"이노옴!"

불목하니는 분노를 이기지 못하고 살기를 터트리며 야현을 향해 달려들었다.

쾅!

불목하니 화장과 일수를 교환하는 야현의 얼굴은 마치 무더운 날 시원한 음료라도 마신 듯 상쾌하게 빛나고 있었다.

제9장

무림을
더욱 혼란스럽게
만드세요

화르르륵!

숭산이 불타고 있다.

정확히는 숭산 자체가 아니라 중턱에 자리한 소림사가 불타오르고 있는 것이다.

쪼르르르.

야현은 소림사 위편에 자리한 흑림, 일연의 암자 앞 자그만 앞마당 평상에 앉아 불타는 소림사를 내려다보고 있었다.

그리고 그 옆에 엘리가 다소곳하게 앉아 술을 따랐다.

막 잔을 비울 때 흑오가 독고결과 함께 모습을 드러냈

다.

"장경각의 무서들을 모두 회수했사옵니다."

소림사 장경각은 천하의 보고라 일컫는다.

장경각에는 흔히 떠올리는 진귀한 보물들은 없다. 그러나 그에 못지않은, 그보다 귀한, 평생 단 한 번만이라도 보았으면 죽어도 여한이 없을 거라는 진귀한 무서들이 즐비하게 보관되어 있다.

소림사의 절학부터, 절전된 고금의 상승무학, 그리고 천하를 피로 물들였던 금단의 마공서까지.

천마의 진신절학과 혈황의 혈황무서를 제외하고는, 심지어는 오파일방과 오대세가의 무서마저 보관되어 있다는 말이 있을 만큼 방대한 양을 자랑하고 있었다.

"쓸 만한 건 있고?"

야현이 빈 잔을 소반에 내려놓으며 묻자, 흑오는 저도 모르게 당황한 웃음을 지었다가 빠르게 지웠다.

다른 곳도 아닌 장경각이다.

쓸 만한 게 있는 정도가 아니라 넘쳐서 문제였다.

"너무 욕심 부리지 말고 상성에 맞게 취사하고 남은 것은 황궁으로 보내."

"……?"

"주치가 편의를 봐주는데 그 정도 선물은 줘야 하지 않겠나?"

탁!

야현은 마지막 잔을 비운 후 소반에 내려놓았다.

"흑오."

"예, 주군."

"이 불놀이를 무당파 외에서도 더 보고 싶어."

야현이 불길에 휩싸인 소림사에서 눈을 떼고 흑오를 쳐다보았다.

그리고 히죽 웃음을 드러냈다.

"본인이 너무 변덕스러운가?"

애초의 계획은 소림과 무당만 멸문시키는 것.

"카이만 님, 그리고 초량과 논의를 해보겠습니다."

"일단 무당파부터 지우자고. 내일 새벽에 무당파를 칠 수 있게 준비해."

"존명!"

야현은 손을 저어 축객령을 내리고 더욱 거세지는 불길을 내려다보았다.

*　　*　　*

호북성 무당산.

그리고 무당파.

어둠이 내려앉고, 올빼미 소리만 간간이 울리는 늦은 밤, 무당파가 내려다보이는 어느 산정에서 야현이 서 있었다.

야현이 무당파를 에워싼 다른 산정을 둘러보았다.

십여 개의 산봉우리마다 일백 명에 달하는 인형들이 조용히 모습을 드러냈다.

“모든 준비를 마쳤습니다. 우히히히!”

카이만이 어느 때보다 유쾌한 괴소를 터트렸다.

이번 싸움에서는 흑마법사들이 주축인 까닭이었다.

그 이유는 단 한 가지.

무림에서 가장 낯신 힘을 가진 이들이 바로 흑마법사들이다.

물론 낯선 마법의 흔적이 문제가 될 수 있겠지만 야현은 무당파를 소림사처럼 주춧돌 하나 남기지 않고 깡그리 부수고 태워버릴 생각이기에 과감히 밀어붙이기로 했다.

또 다른 이유는 소림사와 무당파 외에도 발 빠르게 황보세가와 남궁세가, 곤륜파마저 무너트리려 작정했기 때문이었다.

그렇기에 신속함이 생명이었다.

야현은 눈 아래 깔린 무당파 전경을 내려다보았다.

웅장한 8궁(宮)으로 시작해 2관(觀), 36암당(庵堂)을 거쳐 자그만 72암묘(岩廟)까지. 무당파는 한 폭의 산수화처럼 멋들어지게 지어져 있었다. 소림사와 달리 불편함을 고수하면서까지 인위적으로 산세를 해치지 않고 건물을 지어 자칫 무질서하게 보일 수 있었지만, 전혀 그렇지 않았다.

오히려 풍치가 멋들어졌다.

부수기 아깝다는 생각이 들었다.

"크크크크."

그렇기에 부수고 싶다.

아름다운 것은 가지거나, 부수거나.

둘 중 하나다.

"시작하지."

야현은 뒤로 한 걸음 물러나며 무당파 경내에서 눈을 떼고 무당파와 동떨어진 곳, 더욱 깊은 산세 속에 자리한 스무 채의 초가를 바라보았다.

장생촌(長生村).

일선에서 물러난 원로들이 말년을 준비하는 곳.

소림사처럼 뛰어난 원로들이 흑림에 가는 것과 달리 무당파는 지위고하를 떠나 장생촌으로 들어간다. 그렇게 세상의 은원을 지우며 마지막 우화등선의 길을 걷는다.

무도를 걷는 도인들은 무도로써, 학문의 길을 걷는 도인들은 학문으로써.

그래서 더욱 은밀하게 숨은 무당파의 검이자 힘이었다.

쿠오오오오오오오!

야현의 시선이 장생촌에 머물자 자신이 서 있던 산정을 비롯해 무당파를 내려다보는 산정에서 엄청난 기운이 들끓기 시작했다.

쿠웅!

끓어오르던 기운이 마치 지워지듯 사라졌다.

이어진 적막.

그 엄청나던 기운이 사라진 것은 아니었다.

팽팽하게 당겨진 활시위처럼 잠시 숨을 죽인 것뿐이었다.

무당파 경내 곳곳에서 소란이 일기 시작하자.

콰아아아아아— 콰앙!

거대한 불덩이가 하늘로 치솟아 올랐고, 화우(火雨)가 무당파로 떨어져 내렸다.

쑤아아아아아!

동시에 거대한 회오리바람이 일어 무당파 전각들을 휘감았다.

그것이 끝이 아니었다.

흑마법사들은 마치 거대한 무당산 72봉우리를 지워버리

려는 것처럼 대단위 공격 마법을 난사하듯 퍼부었다.

야현은 말없이 허공으로 몸을 날렸다.

그가 향한 곳은 바로 장생촌이었다.

붉은 날개 기사단이 그 뒤를 따랐다.

*　　*　　*

소림사가 불탔다.

살아남은 이조차 없었다.

천하 소림사의 화마는 천하를 경악하게 만든 기사였지만 그건 시작일 뿐이었다.

소림사가 불탔다는, 그 다음 날.

무당파가 아닌 무당산에 거대한 화마가 일어났다. 그 불은 칠주야 동안 꺼지지 않았고, 무당파마저 완전히 집어삼켜 전소시킨 후에야 꺼졌다.

천하는 경악성을 채 터트리지도 못했다.

이틀에 걸쳐 황보세가, 곤륜파, 아미파가 미지의 적에 멸문당한 것이었다.

물론 소림사와 무당파처럼 완벽하게 멸문된 것은 아니지만, 뿌리가 뽑힐 정도로 무너졌다.

천하가 시끄러워지고, 무림맹이 외풍에 흔들리는 그 시

각.

야현은 무림맹 총사 제갈지소의 거처인 와룡각 침소에 앉아 있었다.

쪼르르르.

제갈지소는 조심스럽게 야현에게 술을 따랐다.

"너무하셨습니다."

"뭐가?"

야현은 잔을 들며 반문했다.

제갈지소는 대답 대신 자리에서 일어나 집무실로 이어지는 미닫이문을 열었다. 집무실에는 커다란 새장 하나가 있었다. 제갈지소는 새장 문을 열고 자그만 덩치의 매 한 마리를 꺼냈다.

푸드득!

그녀는 매의 머리를 몇 번 쓰다듬어주고는 창문을 열어 하늘로 날려 보냈다.

"소녀도 예상하지 못할 정도였으니, 다른 이들은 좀처럼 정신을 차릴 수 없을 거예요."

그 매는 마교 천마성으로 향한 무림맹 병력 멸마군(滅魔軍)에게로 향한 전소응이었다.

"……지금쯤."

제갈지소는 다시 침소로 돌아와 집무실 문을 닫고 야현

옆에 앉았다. 그리고 빈 잔을 다시 채웠다.

"천마성을 접수했을 텐데……. 힘겨운 싸움 뒤에 청천 벽력같은 비보라……."

"크크크크."

야현이 나직하게 조소를 터트렸다.

"당분간 혼란스럽게 만들어."

"가가께서는?"

제갈지소가 야현의 팔뚝을 쓰다듬으며 끈적하게 물었다.

"글쎄."

야현은 제갈지소를 끌어당겨 무릎에 앉혔다. 그리고 그녀의 뺨을 쓰다듬으며 품으로 당겼다.

*　　*　　*

푹!

심장을 꿰뚫는 파음과 함께,

"컥!"

짧은 단말마,

"아미타불."

그리고 담담한 불호.

흑승 백료는 피에 절은 창을 회수하며 주변을 훑어보았다.

"으악!"

"처, 천마께서 반드시 복수를……. 크악!"

간헐적인 비명이 뒤를 이었고, 그 비명도 몇 번 이어지지 못하고 사라졌다.

"부디 저승에서는 참회의 길을 걸으시기를……, 나무아미타불, 관세음보살."

백료는 창을 바닥에 세우며 피로 젖은 대전을 향해 반장을 하였다.

드디어 천마성이 무너졌다.

천마성에 지키고 있던 마교의 주구들은 누구 하나 예외 없이 죽음을 맞이했다.

승리에 환호는 없었다.

똑— 똑— 똑—

누군가의 병기에서 핏물이 바닥에 떨어지는 소리가 들릴 만큼 조용했다.

"무량수불."

"후우—."

조용히 흘러나오는 목소리는 침울할 정도로 나직했다.

멸무군을 편성하고 천마성으로 쳐들어갈 때만 해도 사기

는 하늘을 찌를 듯 높았다. 천마가 정예의 병력으로 원정대를 꾸려 떠나고, 쭉정이만 천마성에 남아 있을 거라 예상했다.

그러나 천 년 마교의 저력은 무서웠다.

무림맹의 안일함은 피가 되어 돌아왔다.

3할의 죽음.

어디 죽음 없는 전쟁이 있겠냐만은 생각보다 큰 피해에, 무림 역사상 처음으로 천마성을 점령한 대승임에도 분위기는 깊게 가라앉고 있었다.

'이래서는 안 돼!'

백료는 입술을 깨물며 피 묻은 창을 머리 위로 번쩍 들어올렸다.

"우어어어어어!"

그리고 함성을 질렀다.

"이겼다! 우리가 천마성의 깃발을 꺾었다! 무림맹 천세! 천년 소림사 천세! 천세! 천천세!"

과장되게 소리치고, 무림맹과 소림사의 천세를 외쳤다.

"우리의 승리다!"

"우와아아아!"

젊은 무인들이 백료의 말에 호응이라도 하듯 함성을 내질렀다.

승리의 기쁨도 기쁨이지만 살아남았다는 안도감의 또 다른 표현일지도 몰랐다.

"무림맹 천세! 화산파 천천세!"

"무림맹 천세! 남궁세가 천천세!"

이유야 무엇이든 간에 무림맹 젊은 무인들의 분위기는 금세 뜨거워졌고, 자기최면을 걸듯 승전에 고취되었다.

"아미타불."

멸마군 수장을 맡은 소림사 방장 원중이 백료와 그에 호응하는 젊은 정파 무인들의 모습을 보며 안도의 미소와 함께 가볍게 고개를 끄덕였다.

자칫 가라앉을 수 있는 분위기가 뜨거워진 것이다.

그리고 그 분위기를 끌어낸 이는 본사의 젊은 무승이니 더할 나위 없이 만족스러운 결과였다.

"수고들 하셨소이다."

"무량수불."

나이가 지긋한 각 문파의 수장들은 병기를 회수하며 서로의 노고를 위로하였다. 체면 때문에 비록 젊은 무승들처럼 소리를 내지르지는 않았지만 면면이 미소를 짓고 있었다.

'음?'

원중은 빠르게 다가오는 익숙한 미물의 기운에 고개를

돌렸다.

꺄아아아아악— 꺅!

매 한 마리가 천마성 대전 창문틀에 내려앉아 날카롭게 울었다.

전서응의 날카로운 울음이 함성 사이를 파고들자 승리의 함성이 툭 끊겼다.

"삑!"

원중이 휘파람을 불며 왼팔을 들어 올리자 전서응은 기다렸다는 듯 날아와 앉았다.

"전장이라서 네게 줄 먹이가 없구나. 잠시 쉬고 있으면 다시 부르마."

꾸욱— 꾸욱!

그 말을 알아들은 듯 전서응은 낮게 울며 원중의 손에 머리를 비볐다.

원중은 전서응 다리에 달린 자그만 전서를 회수하며 다시 날려 보냈다.

"……!"

전서의 내용을 펼친 원중의 표정이 단번에 굳어졌다. 믿을 수 없다는 듯 원중은 다시 한 번 더 읽었지만 전서의 내용은 달라지지 않았다.

원중은 큰 충격을 이겨내지 못한 듯 휘청였고, 곤륜파

장문인 옥청자가 재빨리 그를 부축했다.

그러나 원중은 그의 부축에도 힘없이 바닥에 주저앉았고, 초점도 맞추지 못한 채 멍하니 천장을 올려보았다.

"무슨 일인데 그러는 게냐?"

그러다 그의 곁으로 다가온 흑림주 일암이 불안한 듯 물었고.

"사, 사숙……."

원중은 쉽사리 입을 열지 못했다.

"무슨 내용이기에……."

잠시 원중을 부축했던 곤륜파 장문인 옥청자가 발밑에 떨어진 전서를 주워들며 내용을 확인했다.

소림, 무당. 완전 전소, 멸문.

곤륜, 아미, 황보. 멸문, 생인 극소수.

회군 급요망.

"헙!"

처음 튀어나온 반응은 경악이었고.

"어, 어찌!"

이내 원중처럼 망연자실한 얼굴로 휘청이더니 바닥에 주저앉았다.

"도대체 무슨 일인데 그러시오?"

개방 방주 백걸이 다급히 다가와 옥청자의 손에 들린 전서를 낚아채며 내용을 확인했다.

"헉!"

백걸도 앞선 이들과 큰 차이 없이 경악성을 터트렸다. 그러나 원중과 옥청자와 달리 바닥에 주저앉지는 않았다.

"커억!"

백걸의 손에 들린 전서를 읽은 황보세가 가주 황보백은 엄청난 충격에 몸을 떨다 각혈하며 바닥에 쓰러졌다.

"가, 가주님!"

"장문인!"

승리의 함성으로 가득 찼던 천마성 대전은 단숨에 아수라장으로 바뀌었고,

"으아아아아!"

"끄으윽!"

이내 분노와 오열로 바뀌었다.

"군성아."

분노 속에 안도감을 애써 감추던 화산파 장문인 호염이 조용히 1대 제자 홍매화 군성을 불렀다.

"예, 장문인."

"조용히 제자들을 모아라. 본문으로 돌아가야겠다."

다행히 화산파는 흉사에서 비켜났지만, 앞으로는 모르는 일이다.

"명."

군성은 호염의 명령을 빠르게 전달하였고, 특별히 호염의 명이 주위로 전해지지는 않았지만 화산파의 빠른 철수 준비는 확실히 눈에 띌 수밖에 없었다.

흉사에서 비켜간 문파는 야현과 끈이 닿아 있는 곳.

적의 정체를 알 수 없다면 불안하지만 흉수를 알고 있었다.

더불어 그 흉수는 아군.

불안할 일은 없었다.

사천당문 가주 당한경은 그러한 분위기에 남궁세가 가주 남궁위, 갈위와 시선을 주고받은 후 굳은 표정의 호염을 쳐다보았다.

호염이 먼저 철수 준비에 나섰다.

울고 싶은데 호염이 뺨을 때려준 꼴이다.

당한경은 희미한 미소가 슬쩍 지어졌지만 그만큼 빠르게 지웠다.

"돌아갈 준비를 하거라."

화산파 제자들의 철수가 서서히 노골적으로 바뀌자 당한경도 낮지 않은 목소리로 녹암대 대주 당학성에게 명을 내렸다.

그 목소리가 다시 한 번 기폭제가 되어 멸문을 피한 문파들은 빠르게 철수 준비에 들어갔다.

"본문에 급한 일이 있어 먼저 실례하겠소이다."

그리고 가장 먼저 철수 준비에 들어갔던 화산파가 제일 처음으로 천마성을 떠났다.

* * *

금단 산맥 아래 위치한 베르탄 왕국 미후라 남작령.

드나드는 상단도 손에 꼽을 정도고, 그나마 상행도 일 년에 한 번 정도가 다인 조용한 시골 영지다.

소박한 2층짜리 영주관, 중앙 홀에 천마가 앉아 있었다.

"송구하옵니다."

마뇌가 바닥에 엎드리며 죄를 청했다.

보름.

마법진을 역으로 활성화시켜 단숨에 미후라 남작령으로 쳐들어온 그들은 한 시진도 지나지 않아 남작을 비롯해 자유민까지 모조리 몰살시켰다. 현재 미후라 남작령에서 살아남은 이들은 농노들을 비롯한 소수의 평민뿐이었다.

그리고 단숨에 신성제국으로 향하기 위하여 이동 마법진

좌표를 찾으려 했지만, 결과는 신통치 않았다.

"통행이 비교적 자유로운 자유 도시들을 거쳐 신성제국으로 쳐들어가야 할 듯싶사옵니다."

가장 먼저 미후라 남작령을 점령하며 마뇌가 한 것은 술사들을 대동해 주요 수뇌부들의 지식을 섭혼술을 통해 강탈하는 것이었다.

아무리 하늘을 울리고 산을 부술 수 있는 힘이 있다 하여도 천마와 마인들에게 이곳은 미지의 땅.

함부로 움직일 수는 없는 법.

그렇게 지식을 모아 최선의 길을 찾은 것이다.

천마는 마뇌의 보고에 고개를 끄덕였다.

마법, 그중에서도 순간 이동 마법진은 천마도 놀랄 정도로 획기적인 수단이었다. 그 마법 하나로 서로의 거리가 사라진다. 비록 어느 정도 제한적이라고는 하지만 거리가 없다는 것은 바로 앞에 적을 마주한 것이나 다름없다.

당연히 그에 응하는 안전장치가 있을 거라 짐작했고, 그 짐작은 맞았다.

"익히 염려했던 부분이다. 그대의 실책이 아니다."

천마의 말에 마뇌가 조용히 머리를 조아렸다.

"앞으로의 행보는?"

"이곳에서 보름 거리에 있는 샹트랑 도시를 접수한 뒤,

그곳에서 신성제국과 평균 이틀거리에 위치한 네 곳의 자유 도시, 제바, 슈트란, 풀다, 할레로 마법진을 통해 이동. 사면에서 신성제국으로 진군하면 되옵니다."

마뇌 뒤에 부복해 있던 색목인, 마법사가 머리를 바닥에 쿵 찧은 다음 말했다.

칼론이란 이름을 가진 중년의 마법사는 이곳 미후라 남작령 소속인 3서클 마법사였다.

낙후된 변방의 영지에 소속된 마법사들은 보통 마법적 자질이 미천하거나, 마탑 내 알력에서 밀렸거나, 아니면 파벌에도 들지 못한 미천한 신분에 가난한 자들이었다.

칼론은 농노 출신으로 마탑에서 다른 마법사들과 경쟁조차 하지 못하고 쫓기듯 밀려온 자였다.

세상에 지독한 한을 가진 그는 마교가 미후라 남작령을 쳐들어오자마자 투항하고 적극 힘을 보태고 있었다.

"그대의 머리에서 나온 작전인가?"

"그러하옵니다."

"이 작전에 목숨을 걸 수 있나?"

"이미 하나뿐인 목숨, 천마께 바쳤나이다."

다부진 대답.

"천마의 전사들이라면 손쉽게 샹트랑 도시의 워프 마법진을 점령할 수 있을 것이옵니다."

또한, 목소리에는 자신감이 가득 차 있었다.

천마의 시선이 마뇌에게로 향했다.

"충분히 검토해본 결과 가장 최선의 진로라 판단하였사옵니다."

"필요한 시일은?"

"지금이라도 명을 내리시면 목숨을 다해 샹트랑 도시를 접수할 것이옵니다!"

그리고 마뇌가 고개를 들어 천마를 올려다보며 말했다.

* * *

"으아암!"

샹트랑 워프 마법진 담당 마법사는 지루한 듯 기지개를 쭉 켜며 하품을 내뱉고는 시계를 쳐다보았다.

저녁 5시 55분.

도시의 안전을 위해 6시에 워프 마법진을 폐쇄한다.

"쩝."

마법사는 지루한 듯 다리를 떨며 시계를 다시 쳐다보았다.

여전히 55분.

족히 1분은 넘게 쳐다보고 있었던 것 같은데 분침은 여전히 55를 가리키고 있었다.

"으으으으으!"

그가 지루함에 몸부림치며 머리를 박박 긁을 때였다.

삐이— 삐이— 삐이—

통신용 마법 수정구가 미세하게 진동하며 날카로운 소리를 내뱉었다.

"니미럴."

담당 마법사의 인상이 확 찌푸려졌다.

통신 요청을 했다는 것은 워프 마법진을 열어야 한다는 뜻.

사실 요청을 받고 워프 마법진을 활성화시키는 것은 그다지 어렵지 않다.

다만 전후로 처리해야 할 시간이 제법 걸린다는 것이다.

담당 마법사는 시계를 다시 쳐다보았다.

57분.

'젠장. 59분만 되었어도 쌩 까는데.'

담당 마법사는 찌푸려진 얼굴을 풀어 미소를 살짝 지으며 통신구에 마나를 주입했다.

혹여나 성질 더러운 고위 귀족이거나 고서클 마법사에게 책 잡혀 고생하느니 영업용 미소를 보이는 것이 낫기 때문이었다.

"샹트랑 자유 도시, 워프 마법소입니다."

"미후라 남작령이오."

이어 칼론의 얼굴이 영상으로 떠올랐다.

미후라 남작이 워프 마법진을 종종 이용했기에 그는 칼론이라는 마법사와 어느 정도 안면이 있었다.

"늦은 시간에 미안하오."

"괜찮소."

미안해하는 그의 표정에 담당 마법사는 고개를 저었다.

일부러 그런 것도 아니고 꼬장꼬장한 귀족의 명에 통신을 요청한 것이니 그 마음을 모를 리 없었다.

"남작 부부와 그 영애, 기사단 일대요. 개진을 허해주시오."

"알았소이다."

담당 마법사는 칼론의 말에 통신구 옆 큰 창문을 열어 밖을 쳐다보았다.

대리석이 깔린 넓은 장판석에는 워프 마법진이 새겨져 있었고, 기하학적 마법 무늬는 희미한 빛을 내뿜으며 깜빡이고 있었다.

담당 마법사는 천장에서 내려온 줄을 당겨 경비대에게 워프 마법진이 개방될 것이라는 것을 알린 후, 상급 마나석을 통신구 옆 소(小)마법진에 끼워 넣었다.

후우웅!

소마법진에서 시작한 마나의 울림은 창문 밖 거대한 워프 마법진으로 이어졌다.

"연결되었소."

칼론의 말에 담당 마법사는 고개를 끄덕이며 마법진에 마나를 밀어 넣어 워프 마법진을 개방했다.

쿠웅!

그러자 워프 마법진에서 한 차례 빛무리가 솟아올랐고, 이어 은은한 빛이 뿜어져 나왔다.

담당 마법사는 워프 마법진이 별다른 이상 없이 개방되자 입출 기록부를 들고 밖으로 나갔다.

마치 빛을 가르고 나오는 것처럼 한 무리의 인물들이 워프 마법진을 통해 나왔다.

"……?"

낯선 복장의 인물들이 워프 마법진에서 나오자 담당 마법사는 순간 고개를 갸웃거렸다.

"미후라 남작령에서……."

담당 마법사는 말을 끝까지 잇지 못했다.

퍼석!

말을 끝마치기도 전에 그의 머리는 터져버렸다.

후드득 떨어지는 피육을 밟으며 한 장년인이 주위를 살

폈다.

마교 4대 호법 중 일인인 권마였다.

"백마단주."

그의 부름에 백마단 단주 탈혼검객이 조용히 다가왔다.

"조용히 접수하게."

저벅 저벅 저벅!

낮은 담벼락 너머로 무질서한 발걸음 소리가 다가오고 있었다.

경비대였다.

그 명에 탈혼검객이 조용히 고개를 숙이는 것으로 복명을 대신하며 조용히 손을 들었다.

그러자 백마단 마인들은 은밀히 담벼락 아래로 몸을 숨겼다.

"컥!"

"큽!"

스물 남짓한 경비대는 비명조차 지르지 못하고 단숨에 죽었다.

"마법진 동력실을 점거한다."

탈혼검객은 빠르게 담당 마법사가 있던 건물로 들어섰다.

잠시 후.

워프 게이트진이 미세하게 흔들리며 마인들이 밀물처럼 쏟아져 나왔다.

그리고 마지막으로 천마가 마뇌, 흑사장, 그리고 칼론과 함께 모습을 드러냈다.

"사마."

천마의 부름에 4대 호법이 다가와 허리를 숙였다.

"시작해."

"명!"

"명!"

4대 호법은 복명과 함께 마인들을 이끌고 사방으로 흩어졌다.

제10장

처음 인사를 드리는군요.
본인이 당대의 갈리오스 공작입니다

사천당문 가주실.

당문 직계, 뱀파이어들이 모였다.

"앞으로 어찌 될 것 같으냐?"

소림사, 무당파, 곤륜파, 아미파, 황보세가가 멸문했다.

하루아침에 하늘이 무너지고 땅이 뒤집어진 것처럼, 무림의 정세가 흔들린 것이다.

당한경의 눈빛이 어느 때보다 날카롭게 빛나고 있었다.

영원히 넘볼 수 없을 것만 같았던 소림사와 무당파의 그늘이 지워졌다.

앞으로 무림의 판세가 새롭게 짜여질 것이다.

꾹!

당한경은 주먹을 말아 쥐었다.

천하제일세가.

그 호칭이 웅심에 불을 지핀 것이다.

"그 전에 주군의 마음을 살펴야 하지 않겠습니까?"

당림의 말에 당한경의 마음에 턱 하고 힘이 풀렸다.

이 모든 것이 야현의 뜻이다.

앞으로도 야현의 뜻대로 흘러갈 것이다.

"그래, 주군. 주군이 있었지."

당한경은 입술을 지그시 깨물었다.

영생을 얻었으나 족쇄를 함께 받았다.

"사내라면 응당 기회가 왔을 때 잡아야 하는 것."

당한경은 당림을 지그시 쳐다보았다.

"림아."

당림은 당한경의 눈빛에서 그의 심경이 급격히 달라졌음을 느꼈다.

두근! 두근!

당한경은 지금 안주에서 벗어나 변하려고 한다.

"영생의 몸이다. 독신(毒神)이 되어보지 않겠느냐?"

그 말에 당림의 몸이 부르르 떨렸다.

독신.

당가의 피를 타고 태어난 이라면 누구나 꿈에서라도 마다하지 않을 경지.

그러나 인간의 몸으로는 독왕도 될 수 있고, 독황도 될 수 있지만, 독신은 될 수 없다. 독신이 되고자 한다면 인간의 껍질을 벗어라, 라고 전해져 내려오고 있었다.

"해보겠느냐?"

당한경은 당림을 직시하며 물었다.

"만약 거부하면 어찌 되는지요?"

"지금처럼 살아갈 것이다. 그의 품에서 영화를 누리며. 개처럼."

"받아들인다면 어찌하실 생각이십니까?"

"기어야지. 더욱더 낮게. 왕왕 짖으면서."

당림은 고개를 들어 천장을 쳐다보았다. 그리고 한참 후 눈을 감았다.

그렇게 시간이 흘렀다.

그의 눈은 쉽사리 뜨여지지 않았다.

고뇌.

가문의 미래가 달린 일, 쉽사리 결정을 내릴 수 있는 일이 아니었다.

그렇기에 이 자리에 모인 이들은 기다리고, 또 기다렸다.

그의 선택을.

"하겠습니다. 잃어도 저 하나의 목숨이고, 얻는다면 천하이니."

당림은 웃었다.

당한경과 달리 항상 온화한 당림이었으나, 그는 당한경의 피를 타고난 아들이었다. 그리고 그의 피에는 독심이 흐르고 있었다.

그렇게 숨겨져 있던 야망과 웅심이 개화한 것이다.

"총관."

"예, 가주님."

"그대는 가문의 모든 역량을 동원해 세상의 독이란 독은 모조리 구하게."

"명."

총관 당성은 낮지만 강단 있게 복명했다.

"녹암대주."

이번에는 녹암대 대주 당학성을 불렀다.

"하명하시지요."

"당림을 위해 산제물이 필요하네. 독과 싸우려면 제법 많은 피가 필요할 것이야."

"더러운 피를 묻혀야 한다면 그건 속하의 것이옵니다."

드르르륵.

당림이 자리에서 일어났다.

"바로 폐관하겠습니다."

당한경은 묵묵히 그를 쳐다보았고.

당성과 당학성, 그리고 녹독대 대주 당혁은 자리에서 일어나 깊게 허리를 숙였다.

당림 역시 가타부타 말없이 몸을 돌려 가주실을 나갔다.

당한경은 조용히 눈을 감았고, 그 모습에 당성과 당학성, 당혁은 조용히 가주실을 빠져나갔다.

그렇게 사천당문은 깊게 잠이 들었다.

날카로운 이를 드러내며 포효하기 위하여.

* * *

야풍장.

정신없이 돌아가는 무림과 달리 야현은 실로 오랜만에 자신의 거처에서 한가로이 시간을 보내고 있었다.

푸학!

허공이 찢어지고 붉은 날개 기사단장인 콰스타가 모습을 드러냈다.

"주군."

갈리오스 공작령으로 돌아갔던 콰스타가 찾아왔다.

"작위 고하 예외 없이 병력을 소집하라는 왕명이 떨어졌습니다."

"병력 소집?"

하로스 왕국의 왕이 왕명을 내릴 정도면 심상치 않은 일이 벌어졌다는 뜻이다.

"반란인가?"

하로스 왕국은 인접한 키하라 왕국, 베라탄 왕국과 비교적 사이가 좋기에 당장 떠오른 것은 역모에 따른 내전이었다.

"마교입니다."

"마교?"

야현은 눈빛을 반짝이며 의자에서 몸을 뗐다.

"마교가 국경을 마주한 베르탄 왕국 미후라 남작령을 몰살시키고, 삼 일 전 본국 자유 도시인 샹트랑 시를 피로 물들였다고 하옵니다."

"그게 가능한가?"

마교의 행보가 지나치게 빠르다.

"정확한 바는 알 수 없으나 대병력임에도 빠른 속도, 미후라 남작령과 샹트랑 도시 사이에 목격이 없는 것으로 보아 마교가 워프 게이트 진의 운용 능력을 손에 넣은 듯 사료됩니다."

"하긴 어디에도 야심을 위해 변절하는 자가 있기 마련이지. 더욱이 차별이 극명한 마법사라면."

낙후된 미후라 남작령을 떠올리며 고개를 끄덕였다.

"과연 천마야."

심각한 보고이건만 야현은 오히려 미소를 지었다.

"곧바로 샹트랑 남작령으로 집결하라 하지는 않았을 것이고."

"오늘 저녁 8시까지 인접한 하르탄 백작령으로 집결하라는 명입니다."

"그런데 콰스타. 갈리오스 공작은 은둔의 가문이 아니던가?"

"은둔의 가문이라고는 하나 왕명은 꾸준히 내려오고 있사옵니다. 다만 전……."

"괜찮아. 갈리오스 공작은 본인에게 특별한 이이니."

야현은 몸 안에서 꿈틀거리는 마기를 느끼며 부드럽게 말했다.

"전 가주께서 응답하지 않았을 뿐입니다."

"그렇군."

야현은 고개를 끄덕이며 자리에서 일어났다.

"어때?"

"……?"

"본인 최후의 적이 마교라는 것은 알고 있지?"

"정확히는 마교를 이끄는 천마라 들었사옵니다."

"지금도 승부를 장담할 수 없는 자지. 그리고 그대가 상대해야 할 자는 그의 수하들이고."

"그 말씀은……."

콰스타의 입가에 미소가 살짝 그어졌다. 전투 종족답게 벌써부터 피가 끓어오르는 모양이다.

"가볍게 한 번 부딪혀보는 것도 나쁘지 않아 보이는데."

"그 말씀을 기다리고 있었사옵니다."

역시나.

아니었다면 콰스타는 왕성에서 내려온 왕명을 평소처럼 무시했을 것이다.

"이참에 본인도 사교계에 데뷔를 해 보지."

야현은 콰스타를 보며 입을 열었다.

"붉은 날개 기사단을 소집해."

"이미 소집해 있사옵니다."

"……?"

야현은 잠시 콰스타를 바라보다가.

"크하하하하하하하!"

대소를 터트렸다.

"준비하겠습니다."

야현과 눈이 마주친 베라칸이 허리를 숙이며 말했다.

"두 기사단이면 본인이 어깨에 힘을 좀 줄 수 있겠군."

야현이 흡족한 미소를 드러냈다.

"가자. 우리의 전장으로."

"명!"

"명!"

일각여 후.

야현과 카이만, 그리고 콰스타, 베라칸과 적랑 기사단이 검은 빛무리와 함께 야풍장에서 사라졌다.

*　*　*

샹트랑 자유 도시에서 하루 거리에 위치한 하르탄 백작령.

백작 영주성 본관 넓은 연회 홀에 긴 탁자와 수십 개의 의자가 열을 맞춰 놓여 있었다.

그리고 수많은 자리를 귀족들이 빼곡하게 채우고 있었다. 그리고 긴 탁자 테이블 헤드, 상석에 넉넉한 풍채의 중년 사내가 앉아 있었다. 하로스 왕국 국왕 야르센 3세였다.

"허어! 어찌 이런 일이 있을 수가 있단 말이오!"

"간악한 자들이!"

"당장이라도 저들에게 주신과 국왕 전하의 이름으로 징벌을 내려야 합니다."

하위 귀족들은 야르센 3세가 자리에 앉자마자 경쟁하듯 저마다 핏대를 세우며 마교의 침입에 대해 성토했다.

"조용."

그저 야르센 3세의 눈에 들기 위한 가식적인 행동. 그 사실을 알았기에 야르센 3세는 눈살을 슬쩍 찌푸리며 본론으로 들어갔다.

"신성제국에 이 사실을 알렸는가?"

야르센 3세의 물음에 길틴 공작이 귀족들을 대표해 답했다.

"어젯밤 긴급으로 통신을 넣어 이 사실을 알렸사옵니다."

"그리고?"

"신성제국과 교황 저하의 이름으로 이교도의 침입을 전하고, 성전을 위한 병력을 파견한다고 하옵니다."

"아무리 신성제국의 이름이라고 해도 타국에서 쉽사리 병력을 파견하기 쉽지 않을 것이야."

"일단 신성제국에서 신성기사단과 사제단, 뭉크들을 파견할 거라 전해 왔사옵니다."

그 말에 야르센 3세가 고개를 끄덕이며 말을 이었다.

"적의 규모는 파악했나?"

"샹트랑 자유 도시의 정보가 완벽히 끊겨서 정확히 파악할 수 없사오나 탈출자들의 증언을 토대로 대략 3천에서 5천 사이가 되지 않을까 파악하고 있사옵니다."

"흠."

생각보다 많은 병력에 야르센 3세의 입에서 무거운 침음이 흘러나왔다.

"모인 아군의 병력은 어찌되나?"

"기사단 총 사천 오백 명, 병사 일만 오천 명에 마법사가 일백 명이옵니다."

야르센 3세의 눈이 살짝 커졌다.

예상을 뛰어넘는 병력이 모인 것이었다. 과하게 반짝이는 눈빛으로 자신을 바라보는 귀족들의 시선에 쓴웃음이 흘러나왔다.

하로스 왕국은 외적도 없고, 내전도 없는 비교적 평화로운 나라였다. 그렇다 보니 뚜렷한 공을 세워 승작하거나 영지전을 통해 힘을 키울 수 있는 기회가 그다지 많지 않다.

천금의 기회라 여긴 것인지 특히 하위 귀족들이 빠릿빠릿하게 병력을 모아 온 것이었다. 더불어 주인 잃은 샹트랑 자유 도시라는 엄청난 보상이 있으니 모두가 눈을 켜고 달려드는 것은 자연스런 수순일지 모른다.

하지만 마냥 좋아할 수만은 없는 일.

적의 힘을 알지 못하는 상황에서 만약 대패한다면 나라 자체가 흔들릴 수 있음이었다. 지금이야 인접한 카하라 왕국, 베르탄 왕국과 사이가 좋다지만 힘이 약해진 다음에야 어찌 될지 모른다.

하필 아국의 샹트랑 자유 도시인가 싶다.

깊은 고민에 잠길 무렵, 궁중 집사가 다가와 조심스럽게 속삭였다.

"음?"

야르센 3세의 얼굴에 놀란 빛이 역력했다. 그리고 이내 눈빛이 깊게 가라앉았다. 길틴 공작은 무슨 일인가 물어보려 했지만 궁금증은 곧 궁중 집사의 입을 통해 풀렸다.

"하로스 왕국 갈리오스 공작 듭시오!"

궁중 집사의 낭랑한 목소리에 좌중이 동시에 꿀이라도 먹은 듯 조용해졌다.

끼익—

연회 홀 문이 열리고 백색 군복을 입은 야현이 갑옷 차림의 붉은 날개 기사단장 콰스타와 적랑 기사단장 베라칸과 함께 들어왔다.

새하얀 군복 뒤에서 함께 걸어오는 붉은 갑옷의 콰스타

와 베라칸은 묵직한 기운을 발산하고 있었다.

야현은 가장 상석에 앉아 있는 화려한 복장의 야르센 3세에게로 다가가 허리를 숙였다.

"처음 뵙겠습니다. 당대 갈리오스 공작이옵니다."

수백 년 동안 모습을 드러내지 않은 갈리오스 공작이었다.

갈리오스 공작은 엄연한 하로스 왕국의 공작 가문이지만 은둔의 가문이었기에 그의 영지는 마치 동떨어진 미지의 땅처럼 느껴지는 곳이기도 했다.

"짐이 현 국왕 야르센 3세이도다."

어색한 인사.

하긴 이런 인사를 건넨 적도 없고, 앞으로도 없을 것이다.

"앉으시오."

야르센 3세의 말에 긴 탁자에 앉아 있던 귀족들이 한 자리씩 물려 앉아 빈자리를 만들었다. 야현은 빈자리에 앉았고, 콰스타와 베라칸은 벽 쪽으로 물러나 섰다.

"이거 참. 어찌 되었든 잘 왔네."

서먹하고 처음 보는 터라 야르센 3세는 한참 동안 입술만 달싹거리다가 너털웃음을 보였다.

"적의 외침마저 외면할 정도는 아닙니다."

야현의 말에 야르센 3세는 고개를 끄덕이며 뒤쪽에 서 있는 콰스타와 베라칸을 흘깃 쳐다보았다.

기사가 아닌 이상 잘은 모르겠지만 확실히 움직임 하나 하나가 절도가 있고, 강해 보인다.

갈리오스 공작가의 붉은 날개 기사단, 그들의 강한 무력은 전설처럼 내려오고 있었다.

너무나도 오랜 세월이 흘러 지금도 전설처럼 강할지는 모르나 썩어도 준치라는 말이 있듯 기본 이상은 할 것 같았다.

"상황이 상황인지라 인사는 나중으로 미루도록 하세."

"알겠습니다."

야르센 3세는 야현의 등장에 제법 시간이 지체되었기에 다시 본 회의로 돌아가라 길틴 공작을 눈빛으로 다그쳤다.

길틴 공작은 야현과 가볍게 눈인사를 나누며 다시 입을 열었다.

"회의에 앞서 귀 공작의 병력을 알고 싶소이다."

"붉은 날개 기사단과 적랑 기사단, 각 대 30명씩 총 60명입니다."

"음."

생각보다 적은 수에 길틴 공작은 미약한 신음을 삼켰다.

"실망하지는 않을 겁니다."

담담한 미소.

자신감의 발로다.

길틴 공작은 그 미소에 묵직하게 고개를 끄덕인 후 다시 입을 열었다.

"오늘 안으로 군제를 개편하고……."

"아니 될 말씀이요."

누군가가 끼어들어 소리쳤다.

"손발도 맞지 않는 이들을 하나로 묶었다가는 큰 패배를 볼 것이외다!"

"맞소!"

"옳소!"

"명령 체계가 바뀌어 오히려 혼란만 줄 수 있습니다!"

기다렸다는 듯이 반대 의견이 폭주했다.

"쯧."

남들보다 더 큰 공을 세우기 위해 저러는 것이다.

탕!

야르센 3세가 탁자를 손바닥으로 내려쳤다.

"그만!"

"하오나 전하."

"그만하라 했다. 그 정도면 충분히 알아들었노라."

야르센 3세의 노기에 귀족들은 입을 꾹 닫으며 그와 길틴 공작을 쳐다보았다. 무언의 압박이었다.

"각 가문의 병력을 보존하면서 편제를 짜도록 하겠습니다."

길틴 공작은 미간을 찌푸리며 말했다.

"불만 있나?"

원하는 바를 얻었으니 불만이 있을 리 없었다.

"그리고!"

야르센 3세는 눈을 부리부리하게 뜨고 귀족들을 훑으며 단호한 목소리로 입을 열었다.

"그대들이 원하는 바를 줬으니 이후 작전 수행에 토를 달지 말라. 이를 어길 시 군법으로 다스릴 것이다."

큰 공을 위해 자리다툼이나 암투를 하지 말라는 경고가 이어졌다.

'호오.'

야현은 노련한 정치를 펼치는 야르센 3세의 모습에 속으로 작은 감탄을 터트렸다.

"마냥 신성제국의 병력을 기다릴 수 없으니, 길틴 공작."

"예, 전하."

"내일 아침까지 편제를 마치라. 조식 후 샹트랑 자유 도시를 향해 진군할 것이다."

사실상 편제를 하고 말 것도 없다.

각 가문의 병력을 유지해야 하니 대충 친한 가문끼리 묶어 균형만 맞추면 된다.

길틴 공작의 시선이 잠시 야현에게로 향했다.

문제는 야현과 그가 데려온 기사단이었다.

"그만 회의를 파한다."

야르센 3세가 자리에서 일어났다.

"갈리오스 공작."

"예, 전하."

"잠시 짐을 보도록 하게."

자리를 옮긴 곳은 영주관 백작 집무실이었다.

응접용 소파에 자리하고 잠시 후 차가 나왔다.

찻잔이 반쯤 빌 때까지 둘 사이에 대화는 없었다.

달그락.

야르센 3세는 찻잔을 탁자에 내려놓으며 야현을 바라보았다. 야현도 거기에 맞춰 찻잔을 내려놓았다.

"흠."

짧은 침음.

"짐이 공작을 어떤 시각으로 바라봐야 할지 모르겠소."

솔직한 속내.

"그리고 공작이 올 줄도 몰랐고."

왕명 서신은 여느 때처럼 형식적이었다는 소리.

"아국이 어려움에 처했으니 힘을 보태는 것이 귀족으로서 당연한 의무가 아니겠습니까?"

"액면 그대로 믿으면 되겠는가?"

야르센 3세는 좀 더 마음을 열어 보였고, 야현은 담담한 미소로 대답을 대신했다.

"앞으로 행보는 어찌되는가?"

"글쎄요."

두루뭉술한 대답에 야르센 3세의 눈가가 가늘어졌다.

"걱정할 것도 없고, 견제할 필요도 없사옵니다. 갈리오스 공작가는 은둔의 가문입니다."

"그렇군."

당장은 아니더라도 다시 은둔하겠다는 뜻.

갈리오스 공작가가 은둔의 가문이라고 해도 가문의 무게감은 여전히 무겁다. 상당한 정치적 영향을 발휘할 수 있다는 뜻이다.

어떤 행보를 펼치든 지금의 구도가 흔들릴 것이고, 그러한 점은 3세에게 적잖은 부담감을 준다.

"차 식겠소. 듭시다."

정치에 관심이 없다는 말에 야르센 3세의 목소리는 제법 부드럽게 변했다.

소소한 잡담이 잠시 이어지고.

"갈리오스 공작가 하면 일당백의 기사단으로 전해오고 있소."

지금도 그렇냐는 물음.

"데려온 병력의 수가 적어 불만이십니까?"

"다른 가문이라면 그러한 생각이 들었겠지만."

갈리오스 공작가이기에 판단하지 않고 있다는 의미.

"전설은 이어지고 있습니다."

야현이 야르센 3세를 직시하며 말했다.

"전장에서 보시게 되실 겁니다. 갈리오스 공작가 기사단의 무용을."

그리고 웃음을 드러냈다.

"기대하리다."

야르센 3세도 흡족한 웃음을 지었다.

제11장

이제 얼마 안 남았군요

사람 키 두어 배 정도 되는 낮은 구릉.

야현은 300미터쯤 떨어져 있는 샹트랑 자유 도시 성곽을 바라보고 있었다. 성곽 너머로 띄엄띄엄 검은 연기가 올라오고 있었다.

자연스레 그 시선은 구릉 아래 평야를 빼곡하게 채워나가는 군막들로 향했다.

그곳에 병사들이 시장판처럼 어수선하게 움직이고 있었다.

"언제나 생각하는 것이지만 불필요한 행위가 너무 많아."

야현은 다시 시선을 돌려 샹트랑 자유 도시를 바라보았다.

"흠."

야현의 미간이 좁아졌다.

나름의 강행군에 지휘부는 지휘부대로, 기사는 기사대로 휴식을 취하고, 병사들과 군종들이 군막을 지으며 전쟁 준비를 하고 있었다.

서로 따로 놀다 보니 지휘 체계에 공백이 생긴다.

서방 전쟁에서는 절대적이라 할 만큼 암묵적인 규칙이 몇 존재한다.

진지 구축 시 쳐들어가지 않는다.

패전 혹은 전쟁 중 사로잡힌 기사 이상 귀족은 죽이지 않는다.

등 몇 가지가 있다.

문제는 마주한 적은 서방의 군대가 아니다.

철저하게 실리를 추구하는 마교, 그중에서도 천마가 직접 지휘하는 마교 정예들이었다.

"좋지 않아."

걱정이 다분한 말과 달리 입꼬리는 살짝 말려 올라가고 있었다.

"베라칸, 콰스타."

"예, 주군."

"하명하시지요."

"완전 무장으로 대기해."

콰스타는 이해할 수 없는 표정을 지었지만 베라칸은 묵묵히 고개를 끄덕였다. 야현과 함께 오랜 시간 중원을 경험해 보았기에 어떤 의도로 명을 내린 것인지 단숨에 파악한 것이었다.

"명."

베라칸의 복명.

"적은 서방의 군대가 아니야."

야현의 부연 설명에 콰스타가 뒤늦게 이해하고는 얼굴을 잠시 굳혔다.

서둘러 콰스타와 베라칸이 구릉을 내려갔고, 그에 맞춰 총사령관 길틴 공작이 올라왔다.

"피곤하지 않으시오?"

길틴 공작은 야현의 갑옷을 보며 물었다.

"피곤하지 않다면 거짓말을 하게 되나요?"

가벼운 화답에 길틴 공작이 피식 웃으며 옆으로 다가와 섰다.

"내일 전투를 치르려면 내려가 쉬어야 하지 않겠소?"

"내일이라."

야현이 길틴 공작과 잠시 눈을 마주친 다음 샹트랑 자유 도시를 바라보았다.

그 시선의 움직임에 길틴 공작도 자연스레 샹트랑 자유 도시를 보았다.

"길틴 공작."

"……?"

"무언가 착각하신 모양인데."

야현의 말에 기분이 상한 듯 길틴 공작이 미간을 찌푸렸다.

"적은 말이오. 서방의 군대가 아니오."

야현은 길틴 공작이 인상을 쓰든 말든 말을 이어나갔다.

"동방의 무인들이지."

"그게 뭐 어떻다는 것이오?"

야현은 몸을 돌려 길틴 공작을 쳐다보았다.

"그대의, 이 땅의 상식이 통하지 않는 적이란 말이오."

당최 이해할 수 없다는 표정이었다.

"시작이군."

야현이 고개를 돌려 샹트랑 자유 도시 성곽, 이곳 평야로 이어진 성문을 바라보았다. 성문이 활짝 열리며 마인들이 쏟아져 나오고 있었다.

"어, 어찌……."

전혀 예상하지 못한 적의 공격에 길틴 공작은 충격에 휩싸인 모습이었다.

퍽!

야현은 그런 길틴 공작의 목을 후려치듯 잡아 얼굴 가까이 당겼다.

"저들은 저들의 상식대로 전쟁을 치르오. 우리의 상식이 아니라. 정신 차리시오. 포로가 되어도 살 수 있다는 생각은 버리는 게 좋을 듯싶소."

야현의 말에 길틴 공작은 조금이라도 정신을 차린 것인지 고개를 끄덕였다.

두두두두두두!

때를 맞춰 한 무리의 말들이 구릉 위로 달려 올라왔다.

적랑 기사단과 붉은 날개 기사단이었다.

그리고 그 중앙으로 기사를 태우지 않은 군마가 달려오고 있었다.

야현의 군마였다.

야현은 가볍게 몸을 날려 군마에 올라탔다.

푸히이잉!

그러자 군마도 가볍게 울음을 터트렸다.

"가자!"

야현의 명에 한 무리의 군마들은 본격적으로 땅을 박차

고 달려 나갔다.

척!

야현은 투구를 쓰고 앞면 가리개, 바이저를 내렸다.

무겁고 불편하기 짝이 없는 갑옷이지만 지금은 더할 나위 없이 좋다.

얼굴을 가릴 수 있으니.

스릉!

아공간에서 야월을 뽑아들었다.

"하앗!"

동시에 군마의 아랫배를 차 속도를 더욱 끌어 올렸다.

"음?"

야현은 가장 앞에서 달려오는 적을 보고 눈을 치켜떠야 했다.

'색목인?'

검은 머리, 검은 눈동자가 아닌 형형색색의 머리카락을 가졌으며, 그들이 입고 있는 복식도 동방의 것이 아니었다.

서방의 군복.

또한, 행색이 이상하다.

찢어진 군복에 군데군데 검게 변색된 피 그리고 왠지 모르게 딱딱하고 삐거덕대는 움직임까지.

강시였다.

마교에 쳐들어간 성전군의 기사와 병사들을 꼭두각시로 만들어 신성제국을 무너트릴 군대이자 무기로 만든 것이었다.

"하하하하!"

야현은 웃음을 크게 터트렸다.

과연 천마였다.

『전장이 무너지지 않을 정도로만 수습한다.』

야현은 야월을 들어 올리며 콰스타와 베라칸에게 명했다.

『명!』

『명!』

후우우웅!

야현은 어둠의 기운이 아닌 내력을 야월에게 밀어 넣었다.

혈황무서, 흡혈신공 특유의 붉은 기운이 야월을 둘러쌌고, 광폭한 검명이 울려 퍼졌다.

서걱!

야현은 질주하는 힘으로 강시들을 가볍게 베어 나갔다.

푸히이잉!

하로스 왕국군이 정비할 시간을 마련하기 위해 야현은 군마의 말머리를 돌려 넓게 산개하는 강시들을 정리해 나갔다.

적지 않은 피해가 있었지만, 다행히 하로스 왕국은 군을 정비할 수 있었고, 곧바로 강시들에게 대항해 나갔다.

야현과 그 기사단이 힘을 쓰지 않아도 될 만큼 하로스 왕국군은 승세를 잡았고, 빠르게 강시들을 죽여 나갔다.

'이상해.'

자세한 것은 알지 못하지만, 좀비에서부터 다크 나이트까지 언데드에도 급이 있는 것처럼 강시에도 급이 있다고 알고 있었다.

야현은 고개를 돌려 성문을 바라보았다.

활짝 열린 성문.

고개를 들어 성곽 위를 올려다보았다.

텅 빈 성루(城樓).

"이랴!"

야현은 군마의 아랫배를 차 성문으로 내달렸다.

함정인가 싶을 정도로 아무것도 그를 막지 않았다.

불안함이 들 법도 하건만 야현은 빠르게 성문을 지나쳐 샹트랑 자유 도시로 들어섰다.

검게 변해 버린 건물들과 텅 빈 도시만이 야현을 반길 뿐이었다.

투각 투각 투각!

야현은 말을 몰아 자유 도시 중앙으로 향했다.

워프 게이트 진만이 검게 그을린 도시에 유일하게 청명한 빛을 발하고 있었다.

"하하하! 크하하하하하!"

야현은 대소를 터트렸다.

단순히 워프 게이트 진을 봐서가 아니었다.

주위의 관리소를 비롯한 담장은 완전히 철거되어 황량하게 변해 있었고, 워프 게이트 진의 규모는 상당히 커져 있었다. 대규모의 병력이 빠르게 이동할 수 있도록.

"정말 그대는 본인을 실망시키지 않아."

야현은 신성제국이 있는 서쪽으로 고개를 돌렸다.

"부디 신성제국을 무너트려 주었으면 좋겠군."

야현은 한 치의 망설임도 없이 말머리를 당겨 돌아섰다.

"그리고 본인은 그대를 잡고."

입가에 미소가 지어졌다.

"얼마 남지 않았군."

야현은 야월을 아공간에 넣으며 기지개를 켰다.

"더불어 덫은 크면 클수록 좋지."

야현은 천천히 군마를 몰아 샹트랑 자유 도시를 빠져나갔다.

*　*　*

휘이이이잉!

새하얀 폭풍이 휘몰아치는 얼음 땅.

물고기 한 마리 살지 않을 것처럼 맑은 호수.

"과연 북해라 불릴 만한 호수군."

야현은 맑은 호수에 손을 담가 가볍게 휘저은 후 몸을 일으켰다.

끝이 보이지 않을 만큼 거대한 호수 저편 끝에 거대한 성 하나가 위용을 자랑하고 있었다.

새외 삼궁이자 북의 지배자인 북해빙궁이었다.

"흐음?"

야현은 수북하게 쌓인 눈밭 사이로 애처롭게 핀 이름 모를 꽃을 발견했다.

"생명은 신기하단 말이야. 사람도 살기 어려운 얼음 땅에 한 떨기 야생화라."

야현은 그 꽃 앞에 한쪽 무릎을 꿇고 앉았다. 그리고 부드럽게 꽃을 매만졌다.

"그럼 꽃을 따러 가볼까?"

툭!

동시에 야생화를 꺾었다.

휘이이이익— 쏴아아아!

거센 바람과 함께 눈보라가 휘몰아쳤다.

한 치 앞도 내다보기 어려울 정도였지만 이런 상황이 익숙한 듯 북풍성 정문을 지키는 무사들은 담담하게 경비를 서고 있었다.

"조장."

"왜?"

"저기."

초소에서 경비를 서고 있던 북풍단 소속 외무사 중 한 명이 밖으로 손가락을 가리켰다.

"누군가 오는 것 같은데요?"

새하얀 눈보라 속에서 이질적인 무언가가 다가오고 있었다.

"설마 이런 눈보라 속에서. 짐승 아닐까?"

"에이, 우리 같은 외무사나 그렇겠지요."

"그런가?"

조장은 고개를 갸웃거리면서 한 조원에게 말했다.

"출입서 살펴봐."

그 말에 외무사 한 명이 출입서를 펼쳤다.

"아무도 나간 이가 없는뎁쇼."

"조장, 사람 맞는 거 같은데요."

바로 이어진 말.

조장이 창문으로 바싹 다가서 밖을 쳐다보았다. 확실히 다가오는 형상은 사람의 것이었다.

다가오는 이가 사람이라는 것을 확인하자 조장은 초소 내 길게 드리운 줄을 당긴 후 외무사들을 이끌고 밖으로 나갔다.

험악한 날씨에, 홀로 찾아온 외부인이었기에 외무사들은 무기를 뽑아들지는 않았지만, 적당히 긴장의 끈은 늦추지 않는 모습들이었다.

조장은 가까이 다가온 낯선 이를 향해 몇 걸음 내디뎌 다가갔다.

"누……."

"그대는 누군가요?"

"예, 예?"

사내는 머리 깊숙이 쓰고 있던 로브 후드를 벗으며 머리에 묻은 잔설을 털어내었다.

그리고 외무사 조장을 쳐다보며 미소와 함께 다시 물었다.

"그대는 누군가요?"

"에……."

"음?"

사내는 미소를 더욱 진하게 지으며 대답을 재촉했다.

"부, 북풍단 13대 소속 ……7조장입니다."

"그렇군요."

사내는 조장의 어깨를 툭툭 두들기며 북풍성 정문 앞으로 걸음을 내디뎠다.

무언가에 홀린 듯 조원들도 길을 텄다.

"저, 저기 누구신지."

조장은 그나마 정신을 붙잡고 있었던 듯 황급히 사내를 잡아 세웠다.

"이런."

사내는 걸음을 세운 후 고개를 돌려 조장을 바라보았다.

"대군이며 본인의 꽃, 빙소해를 보러 왔습니다."

그리고 걸음을 내딛으려다가 재차 멈추며 다시 말했다.

"아! 그리고 본인의 이름은 야현입니다."

* * *

쐐애애액! 쑤아아악!

차가운 공기가 더욱 차가운 검에 베어지고 찢어졌다.

"휴우—."

유일한 온기가 검의 주인인 빙소해의 입에서 흘러나왔다.

깊은 숨을 쉬고 다시 검을 들었지만,

"하아!"

한참이나 머뭇거리다가 한숨과 함께 검을 떨구듯 내렸다.

무언가 불안한 듯 눈동자는 흔들렸고, 이내 입술이 잘근잘근 씹어졌다.

"죽여버리겠어."

빙소해의 눈에 시퍼런 독기가 피어올랐다.

딸랑—

연무장 구석에 달린 자그만 종이 울렸다.

"무슨 일이지?"

눈에 피어난 독기만큼 차가운 목소리가 흘러나왔다.

"궁주님이 찾아계시옵니다."

문밖에서 시녀의 목소리가 들려왔다.

드르륵.

빙소해는 수건으로 이마에 송글송글 맺힌 땀을 닦으며 문을 열었다.

"무슨 연유로 부른지 아느냐?"

"손님이 찾아오셨습니다."

"손님?"

빙소해는 땀을 닦다 말고 고개를 갸웃거렸다.

"그게……."

"누구지?"

"대군이시라고."

빙소해의 몸이 단숨에 굳어졌다.

"누, 누구?"

"야현이라 성함을 밝히신 분이 소, 소궁주님의 대군이라 자청하셔서."

이어진 시녀의 말에 빙소해의 눈이 급격히 요동치기 시작했다.

"소, 소궁주님."

휘청이며 주저앉는 빙소해의 모습에 시녀가 깜짝 놀라 다급히 그녀를 부축했다.

"괘, 괜찮다. 괜찮아."

빙소해는 벽을 짚고 서서 몇 번 숨을 몰아쉬었다.

"연무에 땀을 많이 쏟아 씻고 간다고 전해라. ……시간이 좀 걸릴 것 같다고."

"예, 예?"

"어서 전하지 못할까!"

빙소해의 차가운 노성에 시녀는 도망치듯 자리를 떴다.

시녀가 사라지고 빙소해는 벽에 기대며 바닥에 주저앉았다.

그리고 얼굴을 무릎 사이에 파묻었고, 그런 그녀의 몸은 사시나무처럼 떨리고 있었다.

"죽여버릴 거야. 죽여버릴 거야. 죽여버릴 거야."

자신에게 최면을 걸듯 중얼거리고 또 중얼거렸다.

*　　*　　*

접객당은 전체적으로 따뜻해 보이는 붉은색으로 치장되어 있었다. 아니, 접객당 외에도 이곳으로 오면서 거쳤던 회랑이나 복도 등도 붉은 장식이 많이 차지하고 있었다.

그리고 그 접객당 안에는 한 눈에 보기에도 창백해 보이는 장년의 여인이 야현과 마주앉아 있었다.

북해빙궁의 주인 궁주 빙후였다.

"그래, 빙소해의 대군이라고?"

빙후는 야현을 유심히 지켜보며 말문을 열었다.

"태청단이 큰 도움이 되었다니 다행입니다."

야현의 말에 빙후의 눈이 살짝 커졌다.

"누군가의 도움을 받았다고 하더니, 자네였던 모양이군."

빙후의 질문에 야현은 살짝 미소를 지어 보였다.

달그락—

때마침 시녀가 다가와 탁자에 찻잔 두 개를 내려놓았다.

"들게."

"잘 마시겠습니다."

야현은 뜨거운 김이 모락모락 피어나는 찻잔을 들어 한 모금 마셨다. 딱히 불편을 느끼지 않는 듯 자연스러운 모습이었다.

빙후는 그런 야현을 빤히 쳐다보았다.

"무슨 문제라도……."

그 시선에 야현은 찻잔을 내리며 그녀의 시선과 마주했다.

"흐음."

빙후는 무거운 신음을 삼키며 찻잔을 들어 한 모금 마신 후 입을 열었다.

"이 나이쯤 되면 제법 많은 것을 보게 되네."

온화하고 부드러운 목소리.

"자네는 본주의 양딸을 사랑하는 것으로 보이지 않네. 무슨 목적이 있어 대군 자리를 바라는가?"

그러나 눈빛은 차갑게 번뜩이고 있었다.

아마 평범한 범인이었다면 그 눈빛 하나에 숨이 턱하고

막힐 정도로 무게를 지니고 있었다.

"훗—."

그러나 야현은 압박을 자그만 웃음으로 털어버리고는 양 무릎 위에 팔꿈치를 얹으며 얼굴을 빙후에게로 가져갔다.

"몸은 괜찮으십니까?"

"태청단을 구해준 것은 감사하게 생각하네. 충분한 대가도 줄 것이고."

즉, 대군의 자리는 꿈도 꾸지 말라는 뜻이기도 했다.

"정말 괜찮으신 거 맞습니까?"

야현의 말에 빙후의 은은한 미소가 입가에서 사라졌다.

반면 야현의 입가 미소는 더욱 진해졌다.

"갈증이 심하게 난다거나."

빙후의 얼굴은 굳어졌다.

야현은 몸을 일으켜 편히 등받이에 기대며 다시 조용히 말을 이었다.

"주체할 수 없을 정도로 성욕이 인다거나."

다르르륵.

들고 있던 찻잔이 흔들릴 정도로 빙후는 몸을 떨었다.

파삭!

찻잔이 부서지고 사방으로 찻물이 튀었다.

"무슨 짓을 한 거지?"

한없이 차가운 목소리에는 살기가 담겨 있었다.

"진정하시지요. 제가 드린 것은 태청단이 맞습니다."

"그 말을 믿으라는 것이냐?"

끼익— 우득!

빙후의 살기가 유형화되었고, 그 힘에 다탁이 조금씩 뒤틀리기 시작했다.

"맹세합니다. 본인이 준 것은 순수한 태청단이 맞습니다."

"갈!"

콰직— 퍼석!

빙후의 일갈에 다탁이 산산조각 부서져 사방으로 비산했다.

"그 말을 정녕 본궁주보고 믿으란 소리더냐?"

팟!

빙후는 화살처럼 튀어나와 야현을 향해 일장을 내질렀다.

하지만 그녀는 야현을 너무나도 쉽게 보았다. 야현은 몸을 젖혀 의자째 뒤로 넘어갔다.

그리고 그림자에 몸이 닿자 야현의 몸은 연기처럼 사라졌다.

팡!

빙후의 내력이 의자를 부수며 아무것도 존재하지 않는 허공에서 터졌다.

갑자기 야현이 눈앞에서 사라지자 빙후는 눈을 부릅뜨며 내지른 일장을 회수하려 했다.

그러나 다시 모습을 드러낸 야현이 빙후의 팔목을 움켜잡았다.

당연히 둘의 눈이 마주쳤고.

"……!"

붉게 빛나는 눈빛.

야현의 눈빛을 접한 빙후는 거부할 수 없는 무언가에 순간 다리에 힘이 풀리며 휘청였다.

야현은 마치 춤을 추듯 그녀의 허리를 왼손으로 받치며 가볍게 끌어안았다.

"이익!"

빙후는 방긋 웃는 야현의 표정에 입술을 깨물며 다리를 차올려 야현의 머리를 노렸다. 야현은 그런 빙후의 몸을 바로 세워주며 빙판에 미끄러지듯 뒤로 물러났다.

"더 이상은 본인도 참기 어렵습니다."

"닥쳐라!"

빙후는 노성을 터트리며 팔을 뻗었다.

지이이잉!

검명과 함께 벽면에 걸린 검이 그녀의 손으로 날아와 잡혔다.

"본궁주와 본궁이 그리 우습더냐!"

빙후가 검을 움켜쥐자마자 야현을 향해 검을 휘둘렀다.

쐐애애액!

냉기를 담은 검기가 야현을 향해 쏘아져 나갔고,

사각!

그의 가슴 섶을 얕게 베고 지나갔다.

"이런."

야현은 베인 가슴에 송글 맺힌 피를 손가락으로 닦으며 빙후를 쳐다보았다.

야현의 얼굴에서 미소가 사라졌다.

다시 확장된 붉은 눈.

동시에 뾰족한 송곳니를 드러내며 양손을 활짝 펼쳤다.

활짝 펴진 손끝에서 날카로운 손톱이 자라났다.

"수인족?"

"그래 보이나요? 본인이?"

야현은 날카로운 손톱이 자란 손을 눈앞에서 살짝 흔들며 빙후를 쳐다보았다.

그리고 한 걸음 앞으로 내디뎠다. 그리고 어둠을 밟았다.

팟!

야현이 다시 눈앞에서 사라지자 빙후의 눈이 동그랗게 떠졌다.

등 뒤에서 느껴지는 섬뜩함에.

쐐애애액!

빙후는 빠르게 몸을 틀며 검을 휘둘렀다.

그러나 검에 걸리는 것은 없었다.

툭!

그런 그녀에게 야현의 손이 얹어졌다.

말 그대로 가볍게 손을 얹은 것이었다.

빙후는 뒤로 발을 차올렸다.

붕!

역시나 그 무엇도 걸리지 않았다.

문제는 야현의 기척을 전혀 느낄 수 없다는 점이다.

빙후는 입술을 지그시 깨물더니 눈을 감았다.

"살려두지 않으마!"

빙후의 감겼던 눈이 번쩍 떠졌다.

영롱하던 흑안은 사라지고, 그녀의 눈동자는 얼음처럼 투명한 파란색으로 바뀌어 있었다.

쏴아아아!

그녀 주위로 새하얀 바람이 휘몰았고, 그 바람에 휘감긴 흑발은 눈처럼 하얀 은빛 백발로 바뀌었다.

저적! 저저저저적!

그녀의 발 밑으로 얼음이 일기 시작했다.

빙후가 고개를 돌려 어둠이 들어선 방 한 곳을 쳐다보았다.

푹!

창처럼 뾰족하고 긴 얼음송곳이 바닥에서 튀어나왔다.

그 얼음창 끝에서 붉은 핏방울이 또르르 흘러내렸다. 얼음 창대를 타고 흘러내린 핏방울은 야현의 발등에 떨어졌다.

"크르."

야현은 발을 비틀어 얼음송곳을 뿌리째 부러트렸고, 이어서 부러진 얼음은 야현의 몸에서 밀려 빠져나왔다.

퍼석!

야현은 붉은 피 묻은 얼음송곳을 발로 밟았다.

"빙정의 힘인가요? 흥미롭군요."

야현은 어둠 속에서 몸을 드러내며 빙후를 향해 걸음을 내디뎠다.

"그러나 본인을 너무 화나게 하는군요."

팟!

야현의 신형이 다시 사라졌다.

"차핫!"

빙후는 일갈을 터트린 후 몸을 회전하며 검을 휘둘렀다.

차자작!

검 궤적을 따라 은빛 얼음이 허공을 수놓았다. 그런 궤적 속에 검은 기운을 담은 야현의 주먹이 끼어들었다.

콰과곽!

얼음을 부숴나갔고, 더 나아가 냉기를 담은 빙후의 검강마저 힘으로 깨트렸다.

"크헉!"

빙후는 충격에 휘청였고, 야현은 그런 그녀의 품으로 파고들어 목을 움켜잡았다. 날카로운 손톱이 그녀의 살갗을 파고들었고, 핏물이 야현의 손으로 타고 흘러내렸다.

진한 혈향에.

"크하앗!"

야현은 빙후의 얼굴을 당기며 울음을 터트렸다.

"궁주……."

그 순간, 접객당 문이 열리며 소궁주 빙소해가 들어왔다.

"크헉!"

야현은 빙후의 목을 더욱 강하게 움켜쥐며 고개를 돌려 그녀를 바라보았다.

"오랜만에 보는데 못 볼 걸 보인 건 아닌지 모르겠군요."

"헙!"

빙소해는 피가 낭자한 장면에 입을 가리며 비명을 삼켰다.

털썩.

야현은 빙후의 목을 풀며 품에서 손수건을 꺼내 손에 묻은 피를 닦았다.

"반가운 자리인데 여흥을 이기지 못해 그만 피를 보고 말았군요."

야현의 시선이 바닥에서 여전히 끓어오르는 살기를 드러내는 빙후에게로 내려갔다.

콰직!

야현은 그런 빙후의 허벅지를 밟아 부러뜨렸다.

"아아악!"

"본인은 대화를 좋아합니다."

야현은 빙소해를 보며 웃었고, 그 웃음을 본 빙소해는 그 자리에 주저앉았다.

*　　*　　*

"살려주세요. 제발……, 궁주님을 살려주세요."

빙소해는 야현 앞에 무릎을 꿇고 앉아 울면서 빌고 또 빌었다.

"친 모녀 사이는 아닌 것 같은데."

"소녀의 양모(羊毛)예요. 그러니…… 제발."

"그대의 울음을 보니 친모 이상의 모녀지간으로 보이는군."

야현은 그녀 옆에 죽은 듯 쓰러져 있는 빙후를 쳐다보았다.

"하지만 본인이 이렇게 만든 것은 아니야."

빙후의 몸은 얇은 결빙으로 뒤덮여 있었다. 그리고 그 결빙은 조금씩 두터워지고 있었다.

"가지지 못할 힘에 먹힌 것이지. 본인이 준 태청단이 아깝게도 말이지."

"당신은 살릴 수 있잖아요. 궁주님을 살릴 힘이 있잖아요. 그러니 제발!"

"본인이 왜 그래야 하지?"

야현은 다시 빙소해를 바라보며 물었다.

"빙후가 죽으면 그대가 궁주에 올라 빙후의 이름을 이을 것이고, 본인은 소궁주의 대군이 아닌 빙후의 대군으로 살 수 있는데. 안 그런가요?"

빙소해는 눈물이 가득한 눈으로 입술을 깨물었다.

눈물로 뒤덮인 눈에 독기가 어렸다.

창!

빙소해는 바닥에 나뒹구는 검을 들어 자신의 목에 겨눴다.

"궁주가 죽으면 나도 죽어! 그러면 당신은 대군이고 뭐고 될 수 없을 거야. 그러니 살려줘! 살려달란 말이야!"

"살려주면?"

"줄게! 뭐든지 줄게!"

"딱 하나. 한빙관에 들어가면 돼."

"몇 번이고 들여보내 줄게. 그러니 살려줘!"

야현이 빙소해의 절규 같은 대답에 웃음을 드러내며 바닥에 쓰러져 있는 빙후를 권능, 염력으로 끌어당겼다.

"너무 기대는 하지 마세요. 본인도 솔직히 자신이 없으니."

야현은 빙후의 가슴 위에 손을 얹었다.

저저적!

그녀의 몸을 덮고 있던 결빙이 야현의 손으로 뻗어 올라왔다.

"과연 기물(奇物)은 귀물(鬼物)인가?"

파직!

야현은 그녀의 몸에서 손을 뗀 후 손가락을 그어 그녀의 입에 피를 먹였다.

"끄윽!"

무엇이 고통스러운지 빙후는 정신을 잃고 있는 와중에도 신음과 함께 꿈틀거렸다.

그런 다음 야현은 다시 그녀의 가슴에 손을 얹었다.

조금 전과 달리 빙후를 덮고 있던 얼음은 더욱 포악하게 야현의 손을 뒤덮었다.

야현은 마기를 온몸으로 끌어올리며 혈황의 흡혈신공으로 빙정의 기운을 끌어당겼다.

그러자 빙후를 뒤덮고 있던 얼음이 한순간 야현의 몸까지 뒤덮어버렸다.

중요한 것은 그의 몸을 뒤덮은 얼음이 아니었다.

그녀의 몸에서부터 들어오는 지독한 냉기였다.

"크하앗!"

야현은 고개를 젖혀 포효했다. 붉은 눈동자가 빙후가 드러냈던 푸른 눈동자로 바뀌었다. 그런 눈동자는 다시 붉게 변했다가 다시 파랗게 변했다.

야현의 몸은 사시나무처럼 바르르 떨렸다.

"크크크크크!"

고통에 얼굴이 일그러지는 가운데에서도 야현은 웃음을 드러냈다.

"이게 빙정의 힘이로군."

야현은 눈을 감았다.

그러자 빙후의 몸을 감싸던 얼음이 급격히 야현의 몸으로 이동했다.

그리고 감겼던 눈을 떴다.

번쩍!

그의 눈에서 검은빛이 폭사되었다.

차장창창창!

동시에 야현의 몸을 둘러쌌던 얼음이 부서져 내렸다.

"하아—."

야현은 오른손을 활짝 펼쳤다.

싸아아아—

그러자 얼음 파편들이 그의 오른손 위로 몰려들었다.

"훗!"

파삭!

야현이 오른손을 움켜쥐자 얼음 파편들은 불에 휘감겼고, 이내 수증기가 되어 사라졌다.

"혹여나 도움이 될까 싶었지만……, 실망이로군요."

야현은 평온하게 잠이 든 빙후에게로 뚜벅뚜벅 걸어가 가슴을 지그시 밟았다.

"흠. 어찌한다."

야현은 빙소해를 보며 히죽 웃었다.

제12장

본인이
가지지 못하는 것은 부숩니다

야현은 정신을 잃고 쓰러져 있는 빙후의 몸을 발로 걷어 차듯 빙소해에게로 던졌다. 그녀가 빙후를 받거나 말거나 야현은 신경 쓰지 않고 의자를 당겨 자리에 앉았다.

파지직!

오른손을 활짝 폈다.

그 손 위로 얇은 얼음이 만들어졌다가 부서지기를 반복하고 있었다.

"호오!"

야현은 오른손을 이래저래 뒤집으며 자그만 감탄을 터트렸다.

'비록 파편일지라도 만년빙정의 힘이라는 건가?'

단숨에 태워버렸건만 만년빙정의 파편은 악착같이 살아남아 발버둥을 치고 있었다.

'과연 본인에게 필요할까?'

야현은 너무나도 많은 종류의 힘을 가졌다.

전진교의 내공으로 시작해서, 뱀파이어가 가진 어둠의 기운, 각종 영약들, 혈황의 혈기에서 가고일의 마기까지.

너무나도 잡다하다.

비록 뱀파이어가 가진 어둠의 기운으로 중심을 잡고, 가고일의 마기로 다른 힘을 흡수한 거지만 말이다.

그 힘은 과거 야현이라면 상상할 수 없을 만큼 컸다.

이 힘이라면 천마라도 자신 있다.

그런 생각이 들 때쯤 야현의 입가에는 쓴웃음이 지어졌다.

그리고 자신에게 물었다.

'정말?'

침묵했다.

하려 해서가 아니고 그리할 수밖에 없다.

상대하려면 할 수 있다.

지지 않을 자신도 있다.

그러나.

이겨야 한다면…….

으득!

이가 슬쩍 갈렸다.

장담할 수 없었기에.

우웅—

그때 팔목에 차고 있던 팔찌의 장신구, 소형 통신구가 미약한 울림을 만들었다. 상념에서 깨어난 야현은 통신구의 접속을 허락했다.

『카이만— 치직. —이옵니다.』

대륙이 넘어갈 정도로 워낙 장거리다 보니, 효율성을 극대화하기 위해 통신구에서 영상은 제외되었다. 그럼에도 통신의 질은 그다지 좋지 못했다.

그건 크게 신경 쓸 바가 아니었다.

실시간으로 서방의 정보를 접할 수 있다는 것만으로도 큰 무기를 손에 쥐고 있는 셈이니.

『천마 때문에 유라 대— 륙이, 치직. 완전히 —뒤집어졌습니다. 우히히히!』

"자세히 말해 봐."

『하르탄 백작령에서, 치직. —하로스 왕국군이 허비한 사흘 동안, 마교는 마치 청야전술을 펼치듯 샹트랑 자유도시에서 필요 물자를 징집한 뒤, 치직—. 곧장 제바, 슈트란, 풀다, 할레 자유 도시로 이동, 그곳을 —점령하였사옵니다.』

“과연.”

대략 그림이 그려진다.

속전속결.

거기에 제바, 슈트란, 풀다, 할레는 신성 제국으로 들어가기 전 반드시 거치게 되는 자유 도시들이기에, 네 자유 도시는 신성 제국의 4대 관문이라 불리기도 할 정도였다.

『우히— 히히히!』

이어진 카이만의 괴소에는 다른 무언가가 더 있음을 알려주었다.

“말해. 재미있는 사실을 그대만 알고 있지 말고.”

『그 사실이 알려지자 모든 왕국이, 치직— 벌떼처럼 일어났습니다만.』

“흐음?”

『이상하게도 움직임은, 치익— 상당히 굼뜨옵니다.』

“마치 신성 제국의 멸망을 바란다는 듯?”

『우히히히히!』

“재미있군.”

야현은 턱을 쓰다듬으며 미소를 지었다.

신성 제국은 서방 대륙의 유일한 제국이며, 교황은 각

왕국의 왕을 임명하는 신성한 황제이다.

당연히 각 왕국은 신성 제국을 수호해야 할 의무가 있다.

그런 왕국들의 움직임이 무척이나 느리다.

"하하."

야현은 가벼운 웃음을 터트렸다.

각 왕국의 왕들은 교황의 그늘에서 벗어나고 싶은 것이다.

그러한 생각들은 의견을 나누지 않았지만, 기가 막히게 일치하고 만 것이다.

'신성제국의 멸망까지는 바라지 않을 터이고. 아니, 바라는 이들도 있겠군.'

신성제국이 사라지면, 또 다른 제국이 탄생할 여지가 주어진다.

어쩌면 벌써 물 밑 싸움이 시작된 걸지도 모른다.

"상황 잘 주시해. 천마의 목은 본인의 것이니."

천마가 누군가의 손에 죽을 위인은 아니지만, 적어도 어떻게 판이 돌아가는지는 파악해 두고 있어야 한다.

『알겠습니다, 주군.』

카이만과의 통신이 끝나고.

'당분간 갈리오스 공작의 가면으로 놀아야 하나?'

야현은 슬쩍 입으로 손을 가져갔다.

역시나 미소가 지어져 있었다.

일단 그 전에 북해빙궁의 일부터 마무리해야 했기에 야현은 빙후를 부둥켜안고 있는 빙소해를 바라보았다.

"내일 한빙관에 들 수 있도록 해놔."

만년빙정.

가질 수 있을지 없을지 아직은 모른다.

가질 수 있다면 가지고, 그렇지 않다면 부수면 된다.

만년빙정은 위험한 힘이다.

가지지 않는다면 굳이 남겨 둘 이유가 없다.

야현은 빙소해의 대답을 듣지 않고 자리에서 일어났다.

"그리고 본인은 그대의 방에서 쉬지."

그 말만 툭 던지고 밖으로 나왔다.

야현은 복도 끝에 조용히 시립해 있는 시녀를 손짓으로 불렀다.

"부르셨……."

"소궁주의 거처로 안내해 주세요."

권능, 최면.

야현은 붉은 동공으로 시녀를 바라보며 말했고.

"소녀를 따라오시와요."

시녀는 풀린 눈으로 공손히 허리를 숙이고는 몸을 틀어

종종 걸음으로 북해빙궁 내성, 소궁주의 거처로 향했다.

빙소해의 거처는 생각 이상으로 컸고 화려했다.

주로 생활하는 거실을 중심으로 왼쪽에는 침실, 오른쪽에는 서재가 있었다. 침실에는 대리석으로 만든 욕실이 딸려 있었다.

여성적인 실내 장식만 빼면.

"나쁘지 않군."

야현은 푹신한 침상에 누우며 마치 개인 시종처럼 서 있는 시녀를 불렀다.

"술을 마시고 싶군요."

"어떤 걸로 내올까요?"

"적당한 것으로."

"유라 대륙의 브랜디라는 술이 있습니다."

"브랜디?"

야현은 의외라는 눈으로 시녀를 바라보다가 문득 빙소해의 거처 구조가 중원보다는 유라 대륙, 서방에 가깝다는 것을 깨달았다.

"그대의 눈은 녹색이로군요. 머리카락도 붉은빛이 살짝 도는 갈색이고."

야현은 침상에서 몸을 일으켜 시녀에게로 걸어가 그녀의 얼굴과 몸을 천천히 훑었다.

완전한 색목인도 아닌, 그렇다고 중원인도 아닌.

혼혈이었다.

"그러고 보니 소궁주도 비록 흑안에 흑발이지만 생김새는 중원인보다 서방인에 더 가까웠고요."

야현은 시녀의 적갈색의 머리카락을 만지며 조용히 물었다.

"그대들은 누군가요?"

중원인도 아니요, 서방인도 아니다.

"북해인(人)입니다."

"북해인이라."

야현은 시녀의 뒤로 돌아가 그녀의 뒤태를 잠시 보다 귀로 얼굴을 가져갔다.

"좀 더 자세히."

"북해인은 중원의 피와 북쪽 땅 끝에 살아가는 라샤야 일족의 피가 이어져 있습니다."

"라샤야?"

야현은 놀란 표정을 지었다.

서방 북쪽, 얼음 땅에 살아가는 종족이 있다.

그들은 가족끼리, 혹은 작은 부족으로 유목 생활을 하는 일족이었다.

"그렇군요."

설마 북해빙궁보다 더 북쪽에 살아가는 색목인들이 서방에서 말하는 라샤야 인(人)일 줄은 몰랐다.

북해빙궁은 라샤야 어느 부족과 어떤 이유로 중원에서 떠나온 중원인이 근간이 된 것이었다.

사실 그 사실보다 야현이 놀란 이유는 라샤야 인이라 불리는 유목민들의 생활 반경이었다.

혹시나 골치 아픈 장애물이 있을까 싶었지만 기우였다.

"브랜디로 주세요."

야현은 시녀의 어깨를 살포시 두들기며 침상 옆 푹신한 소파에 앉았다.

시녀는 공손히 허리 숙이고는 종종걸음으로 방을 나갔다.

*　　*　　*

다음 날.

빙소해는 잠을 못 잔 듯 퀭한 눈으로 야현을 찾아왔다.

"따라오세요."

빙소해가 안내한 곳은 빙후의 집무실이었다.

막상 야현을 데려와 놓고서 빙소해는 불안한 듯 서성거렸다.

야현이 그런 빙소해를 빤히 쳐다보자 그녀는 입술을 깨물며 말했다.

"이 아래 당신이 그토록 원하는…… 한빙관이 있어요."

피할 수 없다 여긴 것인지 빙소해는 집무용 탁자 뒤 벽으로 다가가 격자무늬 한 곳을 슬쩍 눌렀다.

그르르륵!

화려한 벽면 무늬에 맞춰 벽 일부가 뒤로 밀려났다. 그리고 지하로 내려가는 계단이 나왔다.

"호오—."

야현도 눈치채지 못했을 정도로 상당히 정교한 기관 장치였다.

"……따라오세요."

야현은 그녀를 따라 지하로 내려갔다.

생각보다 깊이는 깊지 않았다.

얼마 내려가지 않아 평지가 나왔고, 몇 걸음 가지 않아 거대한 석문이 가로막고 서 있었다.

그 석문 위에 '한빙관'이라 새겨져 있었다.

스르릉—.

빙소해는 검을 뽑아들었다.

그녀의 검이 아니었다.

'검이 열쇠인가?'

빙후의 것이었다.

역시나 빙소해는 석문 옆 간단한 무늬 틈으로 검을 밀어 넣었고.

찰칵!

무언가 맞물리는 소리가 났다.

야현은 히죽 웃으며 석문을 바라보았고, 빙소해는 눈을 질끈 감으며 열쇠를 돌리듯 검을 돌렸다.

그그그그그그그그극!

거대한 석문이 육중한 소리와 함께 좌우로 열렸다.

동시에 야현의 미소는 더욱 진해졌다.

*　　*　　*

한빙관.

그 세 글자 아래 한 자는 될 법한 두꺼운 석문이 좌우로 열렸다.

"하아—."

석문 사이로 비치는 화사한 햇빛, 그리고 야현의 입에서 순수한 감탄이 흘러나왔다.

석실 안은 밀폐된 공간이 아니었다.

밝은 태양 빛이 까마득히 높은 동공에서 내려와 바닥까

지 내비치는 맑은 물 표면에 부딪혀 반짝거리고 있었다.

"안 들어가시나요?"

빙소해의 날 선 목소리가 야현의 감상을 깨트렸다. 야현이 고개를 돌려 빙소해를 보자 그녀는 어깨를 움츠리며 시선을 피했다.

"하하."

야현은 빙소해를 잠시 응시하더니 가벼운 웃음과 함께 석문 안으로 들어갔다.

그그그극!

야현이 들어서자마자 석문이 다시 열리지 않을 것처럼 굳게 닫혔다.

따뜻해 보이는 풍광과 달리.

파삭— 파사삭— 후두둑!

옷은 차가운 냉기에 얼어버려 뻣뻣함을 넘어 마치 밀랍처럼 딱딱해졌다. 그렇다 보니 야현이 걸음을 내디딜 때마다 옷가지 일부가 부서져 바닥으로 떨어져 내렸다.

"흥미롭군."

야현은 토해내는 숨마저 얼려버리는 냉기에도 아랑곳없이 찰랑거리는 호수의 맑은 물을 내려다보았다.

파자자자작!

호수를 좀 더 유심히 바라보기 위해 허리를 숙였고, 그 움직임에 얼어붙은 옷 일부, 아주 작은 조각 하나가 호수로 떨어졌다.

새끼손톱만 한 옷 조각이 호수에 떨어지자마자 그 주위로 급격히 얼음이 만들어졌다. 자그만 옷 조각은 마치 불에 잡아먹혀 사라지듯 얼음 속에서 조각나고 또 조각나 사라졌고, 옷 조각이 사라지자 얼음도 불이 꺼지듯 물속에서 지워졌다.

"이게 바로 만년빙정신수로군. 독을 품은 아름다움이라. 지독히도 매혹적이야."

야현은 아름다운 꽃을 감상하듯 한참 호수를 내려다보다 몸을 세워 중앙을 바라보았다.

거대한 호수 중앙에 영롱한 빛을 발하는 자그만 수정이 하나 떠 있었다.

보석이 차가운 냉기를 뿜어낼 일은 없으니.

"만년빙정인가?"

야현은 호수로 가볍게 몸을 띄웠다. 그리고 호수 면에서 한 치가량 뜬 채를 유지하며 만년빙정으로 날아갔다.

"흡!"

마치 자신의 영역이라고 선전포고라도 하는 것처럼 어느 순간 냉기의 농도가 바뀌었다.

추위를 타지 않는 야현이었지만 지금 이 순간만은 달랐

다.

야현의 몸 안에 몇 안 되는 온기를 가진 피가 피부로 스며드는 냉기에 차갑게 얼어붙는 느낌이었다. 뼛속으로 파고드는 냉기에 야현의 턱이 잘게 떨리며 이빨이 연신 부딪혔다.

춥다, 덥다는 느낌을 잊은 지 백 년이 넘었다.

이제는 과거 경험으로 춥고 더움을 기억하고 있을 뿐이었다.

"크크크크크."

지금 그의 주위는 영혼마저 얼어붙을 정도로 춥다.

야현은 지독한 추위에 오히려 유쾌한 웃음을 드러냈다.

그 웃음이 드러나기 위해 입 주변 살갗이 터지고 피가 얼어붙어 피의 얼음조각이 아래로 떨어져 내렸지만, 고통은 없었다. 지독한 추위가 고통마저 지워버린 것이다.

야현은 뒤로 물러났다.

화악!

마치 한여름에 추운 석빙고에 들어섰다가 나온 것처럼 따뜻한 훈풍이 느껴졌다. 물론 그 훈풍마저도 차가운 바람이었지만 만년빙정의 기운이 수백 배는 더 차가워 그리 느껴졌다.

"후우—."

야현은 만년빙정의 기운이 얼어붙고, 그로 인해 갈라지고 터진 상처가 빠르게 치유되는 것을 느끼며 호숫가에 내려섰다.

"음."

야현은 좀 더 뒤로 걸어가 바위에 기대앉았다. 그리고 목 베개를 만들며 호수 중앙에 떠 있는 만년빙정을 쳐다보았다.

생각 이상으로 큰 힘이다.

누구라도 저 힘을 가진다면 천하를 꿈꿀 수 있을 것이고, 명운만 맞아떨어진다면 충분히 천하를 가질 수 있는 힘이다.

"흠."

만년빙정을 바라보는 야현의 눈이 진중하고 냉철하게 바뀌었다.

과연 저 힘이 자신에게 필요한가, 라고 물었다.

쉽사리 대답할 수 없었다.

야현의 권능에 없는 힘 중 하나가 빙(氷), 바로 냉기였다.

가지고는 싶다.

그러나 문제는 저 힘을 탐했을 때 오는 후폭풍이다.

가벼이 가지기에는 만년빙정은 너무나도 위험했다.

자칫 지금의 균형을 깨트리고도 남을 힘이다.

"가질까? 말까?"

가지기에는 결과가 불확실하고, 포기하기에는 그 힘이 탐난다.

"흐음."

야현은 팔짱을 끼며 만년빙정과 눈싸움이라도 하려는 듯 노려보며 생각하고 또 생각했다.

*　　*　　*

"으음."

미약한 신음과 함께 빙후가 눈을 떴다.

마치 수면 부족에 시달리다가 깊은 잠에 빠져 한숨을 푹 잔 것처럼, 그녀는 개운함을 느끼며 자리에서 일어났다.

"윽."

개운함과 달리 몸을 일으키자 온몸을 바늘로 찔리는 듯한 고통이 느껴졌다.

"하악! 하악!"

다시 침상에 누워 거친 숨을 몰아쉬자 언제 그랬냐는 듯 고통은 빠르게 사라졌다.

"어, 어머니."

커다란 세숫대야에 맑은 물을 담아 들어오던 빙소해는 깨어난 빙후를 보자 내던지듯 바닥에 내려놓고 달려왔다.

"괘, 괜찮으세요?"

"괜찮구나."

빙후는 말처럼 확실히 편해진 얼굴이었다.

"후우—."

빙후는 티 나지 않게 이를 악물며 다시 몸을 일으켰다. 이상하리만큼 조금 전보다 고통이 덜했다. 그냥 온몸이 욱신거리는 정도였다.

빙소해의 도움으로 편안히 반쯤 몸을 일으켜 세울 수 있었다.

"하아—."

그래도 아픈 것은 아픈 것이어서 자그만 한숨이 흘러나왔다.

"물 좀 드세요."

살짝 목이 말랐던 터라 빙후는 빙소해가 건네는 물로 목을 축였다.

"나 때문에 네가 고생이로……."

말을 하던 빙후의 얼굴이 급격히 굳어졌다.

막 정신을 차렸을 때는 온몸을 찌르는 고통에 미처 왜 자신이 쓰러졌었는지 떠올리지 못했었다. 물 한 잔에 어느 정도 정신이 돌아오자 왜 자신이 이렇게 쓰러졌는지 기억이 떠오른 것이다.

"어, 어머니."

"나는 괜찮다. 그자는 어디 있느냐? 아니, 너는 그자와 무슨 사이냐?"

빙후는 생각이 머리를 거치지 않고 바로 말로 나오는 것처럼 두서없이 빠르게 물었다.

그자, 야현이 빙후의 입에서 거론되자 빙소해의 표정은 급격히 어두워졌다.

"……소해야?"

단순히 표정만 어두워진 것은 아니었다.

눈동자에는 지독한 적의를 담고 있었지만, 한편으로 그와 상반되는 공포도 담긴 듯 불안하게 흔들리고 있었다.

가끔은 거만하게 느껴질 정도로 항상 당당하고 거침없던 빙소해였다. 그런 빙소해가 바짓자락을 움켜쥐며 벌벌 떨자 빙후는 뭔가 잘못되었다는 생각이 머리를 스치고 지나갔다.

"괜찮다. 이제는 괜찮아."

빙후는 욱신거리는 몸을 움직여 두려움에 떠는 빙소해를 당겨 품에 안았다. 그리고 그녀의 등을 토닥거리며 빙소해가 진정할 수 있도록 달래주었다.

일각의 시간쯤 흐르고.

어느 정도 안정을 찾은 빙소해는 힘겹게 입을 열었다.

빙소해의 이야기는 빙후의 주화입마로 시작되었다.

"후우—."

이야기가 거듭될수록 빙후의 입은 깊은 한숨으로 가득 찼다.

이 모든 사태의 시작이 자신이었기 때문이었다.

이야기가 더 진행됨에 따라 빙후의 한숨은 살심으로 바뀌었다.

비록 배 아파 낳은 아이는 아니었지만, 빙소해는 어미의 마음을 알 수 있었을 정도로 자신이 마음으로 기른 아이였다.

그런 아이가 능욕을 당한 것이었다.

철저하게.

아니, 빙소해뿐만 아니라 자신까지 능멸했다.

그것으로도 부족해 북해빙궁으로 찾아왔고, 궁의 비처이자 가장 신성한 한빙관에 대군의 이름으로 들어갔다고 한다.

"빠드득."

빙후는 어금니가 부서질 것처럼 이를 갈았다.

"흐윽. 흐으으윽."

모든 이야기를 털어놓은 빙소해는 끝내 서러운 울음을 터트렸다.

"모두 내 잘못이로구나."

"어머니."

빙후는 참담한 심정을 애써 감추며 그런 그녀를 끌어안았다.

지금의 살심은 도움이 되지 못한다.

빙후는 일단 마음을 가라앉히며 물었다.

"그래, 그가 한빙관에 들어간 지 얼마나 되었다고 그랬지?"

"열흘이 되었어요."

"열흘이라."

빙후는 몸을 좀 더 세워 꼿꼿하게 정좌를 하며 눈을 반개했다.

깊은 생각에 잠기는 모습.

"소해야."

"예, 어머니."

빙소해도 빙후의 품에서 안정을 많이 찾은 모습이었다.

"설풍대는 믿을 수 없다 하였지?"

설풍대는 빙소해의 호위 병력이자 직속 무력 단체였다.

"네."

야현은 설풍대주를 죽이고 그의 얼굴로 설풍대를 이끌었었다. 비록 짧은 시간이었지만 야현과 설풍대 사이에 어떤 일이 있었는지 빙소해는 알지 못했다.

그 후 소림사를 떠날 때 자연스레 야현이 설풍대주의 모습을 지우고 자리를 떴지만 이상하리만큼 설풍대는 큰 동요 없이 자연스레 받아들였다.

그렇기에 빙소해는 오랜 시간 함께 한 설풍대였건만 더더욱 그들을 믿을 수 없게 돼버린 것이다.

당연한 일.

빙후는 고개를 끄덕이며 다시 입을 열었다.

"지금 당장 살풍대, 폭설대, 한풍대 대주들을 불러오너라."

"네."

빙소해가 자리에서 일어났다.

"소해야."

그리고 막 몸을 돌려서는 빙소해를 빙후가 다시 세웠다.

"단단히 마음을 먹어라. 그리고 이 어미만 믿어라."

그 말에 빙소해의 입술이 꽉 맞물렸다.

"네."

그리고 짧게 대답했다.

빙소해가 나가고.

"휴우—."

빙후는 긴 한숨을 내쉬었다.

그녀에게 말은 하지 않았지만, 그녀는 지금 극심하게 공허함을 느끼고 있었다.

이유는 단 하나.

비록 주화입마에 빠져 목숨이 경각에 달했지만, 그녀는 빙정이 주는 엄청난 힘을 쥐어 보았다.

그 힘이 사라진 것이다. 그로 인해 온 허탈함은 생각 이상이었다.

그나마 그녀의 허탈함을 달래주는 것은 태청단으로 인해 늘어난 공력이었다.

야현이 준 태청단은 아주 거짓은 아니었었다.

'이 힘을 바탕으로.'

빙후의 눈에서는 강렬한 욕망이 다시금 피어올랐다.

동시에, 그녀의 동공에는 욕망과 너무나도 잘 어울리는 붉은색이 잠시나마 피었다가 사라졌다.

북해빙궁, 궁주집무실.

빙후와 빙소해, 그리고 궁주 친위 무력단체인 폭설대, 한풍대, 살풍대 대주가 자리하고 있었다.

여인들의 천하라 불리는 만큼 자리를 폭설대주를 제외하

고는 모두가 여인이었다.

"무사하셔서 다행이옵니다."

유일한 남성인 폭설대주가 굵은 목소리로 빙후의 무탈에 기쁨을 표했다.

"이제는 문제가 없사옵니까?"

그와 정반대의 가녀린 목소리의 한풍대주가 걱정이 가득한 목소리로 물었다.

이들은, 그리고 북해빙궁의 모든 이들은 궁주가 다시 주화입마의 여파로 다시 쓰러진 것으로 알고 있었다.

"괜찮다."

빙후는 자그만 미소로 화답하며 세 대주들을 일일이 쳐다보았다. 이들은 현재 그녀가 가장 믿을 수 있는 수하들인 동시에 가장 은밀히 움직일 수 있는 손발이기도 하였다.

"본궁주가 그대들을 부른 이유가 있다."

빙후의 굳은 표정과 진중한 어조에 세 명의 대주들은 심상찮은 일이 발생했음을 파악하며 얼굴에서 표정을 지웠다.

"본궁의 비처인 한빙관에 불청객이 들어갔다."

대주들은 생각지도 못한 말에 놀란 듯 눈을 화등잔처럼 떴다.

이어 빙후는 빙소해를 잠시 일견한 후 그녀의 치부를 어느 정도 숨겨가며 현 상황을 대주들에게 이야기했다.

당연히 북해빙궁의 존엄이 훼손되었다는 생각에 대주들의 눈에도 분노가 일었다.

빠드득!

이가 갈리는 소리와 함께 유일한 남성이자 다혈질인 폭설대주가 주먹을 바르르 떨었다.

"당장 그자를……."

"진정해요."

살풍대주가 냉정한 목소리로 폭설대주의 말을 잘랐다.

"지금 진정하게 생……."

"생각이라는 것을 좀 하면서 살아요. 궁주께서 왜 우리를 은밀히 부르셨는지 모르겠나요?"

"……그거야."

"그럴 수 없으니 조용히 우리만 불렀겠지요."

살풍대주의 논리적인 말에 폭설대주는 몇 번 입을 벙긋거렸지만 반박할 수 없었다.

"살풍대주의 말이 맞다. 일단 이 몸이 온전하지 않다."

빙후가 다시 대화를 가져왔다.

"이삼 일 정도는 몸을 추슬러야 할 듯싶다."

대주들의 눈은 빙후의 창백한 얼굴로 향했다.

"그리고."

빙후는 말을 하다 말고 미간을 찌푸렸다. 잠시 동안 말문을 닫았던 빙후는 다시 입을 열었다.

"불청객은 본궁주가 정상이라 해도 승패를 장담할 수 없는 고수다."

가뜩이나 조용하던 방 안에 무거운 침묵이 내려앉았다.

"궁주님의 생각을 듣고 싶습니다."

살풍대주였다.

"현재 다행이라면 불청객은 한빙관에 들어섰고, 그 시일이 열흘이 흘렀다."

"흠."

"으음."

이어진 추임새.

"닷새 후에 한빙관이 열린다."

한빙관이 열리면 어떤 수를 써도 다시 열리지 않는다.

안에서든 밖에서든.

보름 후, 한빙관은 짧은 시간 동안 딱 한 번 열린다. 그리고 일 년 동안 한빙관은 열리지 않는다.

한빙관에는 그 어떤 먹거리도 없다.

심지어는 마실 물도 없다.

일반인이라면 목숨을 장담할 수 없으며, 무인이라 하여

도 심각하면 탈진하여 자력으로 나오지 못할 수도 있다.

화경급 이상 들어선 무인이라 해도 비록 탈진으로 쓰러지지는 않을지언정 온전하게 버틸 수 있는 시간이 아니었다.

"그날 죽인다."

궁주의 말에 대주들은 묵묵히 고개를 끄덕였다.

"대주들은 혹시나 모를 일을 대비해 교대로 한빙관을 포위하고, 나머지는 주변에서 대기하도록 해. 본궁주도 사흘 동안 폐관실에서 몸을 추스를 것이다."

"명!"

"명!"

"명!"

빙후의 명에 대주들은 짧은 복명을 외쳤다.

*　　*　　*

야현은 뒷짐을 진 채 만년빙정과 일정한 거리를 유지하며 호수 위를 느긋하게 걷고 있었다.

샤아아—

그의 주위로 얼음이 만들어졌다가 뜨거운 열기에 녹아 사라지기를 반복하고 있었다. 얼음을 만드는 냉기는 만년빙정의 기운이었고, 그런 냉기를 날려버리는 화염은 야현의 권능이었다.

천천히 만년빙정을 바라보며 걷던 야현은 걸음을 세워 정면으로 응시했다.

한빙관에 들어선 지 열흘하고도 사흘 째.

이틀 후면 한빙관 문이 열린다.

기실 야현에게 한빙관의 문이 열리는 것은 그다지 큰 상관이 없다. 언제라도 한빙관을 나갈 수 있고, 또 들어올 수 있기 때문이다.

그럼에도 야현이 모레 열릴 한빙관의 문을 의식하는 것은.

"크크크."

굳게 닫힌 한빙관 석문 너머로 이 주변을 엄중하게 포위한 북해빙궁의 무인들 때문이었다.

권능, 투시로 야현은 그들의 움직임을 진작부터 알고 있었다.

간간이 모습을 드러내는 빙소해까지.

짧게 웃음을 드러낸 야현은 다시 만년빙정을 쳐다보았다.

"사실 본인은 너를 갖고 싶었다."

마치 아이에게 말을 건네는 듯 야현은 만년빙정에게 다

정한 목소리를 건넸다.

"본인도 이런 결정에 마음이 아프구나."

애달픈 목소리와 달리 야현의 입가에는 진한 미소가 지어졌고, 유달리 송곳니가 뾰족하게 튀어나왔다.

야현의 눈이 이내 붉게 변했고.

쏴아아아아!

그 주위로 엄청난 무형의 기운이 용오름처럼 휘몰아쳤다.

가질 수 없다면 부숴라!

"크크크크크!"

야현은 슬쩍 한빙관 대문으로 고개를 돌렸다.

북해빙궁 무인들이 교대하고 있었고, 그 자리에 빙소해가 사나운 표정으로 한빙관 문을 바라보고 있었다. 어떤 감정으로 한빙관 문을 바라보는지 뻔히 보이는 표정이었다.

"반가운 만남을 위해."

야현이 만년빙정을 향해 오른 손을 활짝 펼쳤다.

화르르르르르!

만년빙정 위로 거대한 화염이 피어올랐다.

* * *

"소궁주님, 교대를 마쳤습니다."

폭설대주가 빙소해에게로 다가왔다.

"수고하셨어요."

빙소해는 그제야 한빙관 문에서 눈을 떼고 몸을 돌렸다. 그리고 그와 함께 막 걸음을 옮기려는 그때.

파아아아아아—.

섬뜩한 무언가가 그녀의 몸을 꿰뚫었다.

빙소해는 탁 걸음을 멈췄다.

기운도 아닌 소리도 아닌, 딱히 정의할 수 없는 위화감을 폭설대주도 느낀 탓인지 자연스레 눈이 마주쳤다. 그다음으로 새롭게 교대에 들어선 한풍대주의 눈길도 더해졌다.

빙소해는 입술을 깨물며 고개를 돌렸다.

그러나 그녀의 눈에 들어오는 것은 단단하고 거대한 한빙관 문뿐이었다.

* * *

화르르—

이글거리던 불길이 마치 시간이 정지한 듯 멈췄다.

파삭!

화염 일부가 깨진 조각처럼 아래로 떨어졌다.

파사삭! 퍼석!

그걸 시작으로 화염은 무너져 내리는 조각처럼 아래로 우수수 떨어져 내리기 시작했다.

만년빙정은 야현이 만들어낸 화염을 꺼트리는 것이 아니라 얼려버린 것이다.

"엄청나군."

진심으로 감탄했다.

가지고 싶다는 생각은 더욱 간절해졌다.

그만큼 부숴야겠다는 생각도 강해졌다.

"크크크크!"

벽은 높을수록 좋다.

아니, 벽은 두꺼울수록 좋다.

왜냐하면, 야현은 벽을 뛰어넘기보다는 부수고 나가는 것을 더욱 선호하기 때문이었다.

야현의 붉은 동공이 다시 검게 변했다.

흑안.

원래의 눈동자 색으로 돌아온 듯했으나 달랐다.

그냥 검은 눈동자가 아닌 칠흑처럼 완벽하게 검었다. 그건 마치 빛 한 점 들이지 않은 순수한 어둠, 검은색이었다.

야현의 주위로 휘몰아치는 무형의 기운에 색이 입혀졌다.

눈동자처럼 붉은색에서 검은색으로.

만년빙정을 휘감았다가 사그라지는 자그만 불씨가 야현의 의지에 따라 다시 크게 일어났다.

붉은 화염은 크기만 커진 것이 아니었다.

색도 일반적인 불의 색이 아니었다. 야현의 기운에 따라 검게 변해 있었다.

마치 태양 아래 감히 존재해서는 안 될 어둠이 고고하게 타오르는 것처럼.

검은 화염은 단순히 고고하지만 않다.

만년빙정을 반드시 찢어발기고 말겠다는 듯 흉포하게 어금니를 드러내며 달려들었다.

그러나 만년빙정 역시 순순히 당할 기운이 아니었다.

만년.

말처럼 만년의 시간 속에 만들어진 것인지는 알 수 없으나 적어도 수천 년 동안 만들어지고 스스로 힘을 키운 영적인 기운이었다.

비록 자아는 없지만, 그에 준하는 영적인 존재임은 틀림없었다.

쏴아아아아!

만년빙정을 에워싼 검은 화염은 마치 성긴 그물이 된 듯 군데군데 구멍이 뚫리며 지독한 냉기가 밖으로 튀어나왔다.

새하얀 색마저 입은 냉기는 한빙관의 고요함마저 무너트렸다.

쩌적! 쩌저적!

냉기가 휘몰아치자 잔잔한 호수가 얼어붙기 시작했다.

"크크크. 이제야 이빨을 드러내는 건가?"

공기에 녹아든 습기마저 얼어붙는 듯 허공에 눈송이마저 피어났다.

눈을 부릅뜨자 만년빙정과 야현 사이에 뜬 눈송이는 언제 피어났느냐는 듯 빠르게 사라졌다.

야현은 히죽 웃으며 만년빙정을 향해 성큼 걸어 나갔다.

자자자자작!

야현의 얼굴과 옷이 새하얀 결빙으로 뒤덮여갔지만 야현은 이를 털어내거나 녹이지 않았다.

그리고 지독한 냉기를 순수하게 느끼며 만년빙정 앞에 섰다.

"어디 놀아보자고."

야현은 크게 뚫린 검은 화염 사이로 손을 밀어 넣어 만년빙정을 움켜잡았다.

"흡!"

야현의 눈두덩이에 파르르 경련이 일더니 두 눈이 부릅 떠졌다.

눈에 검은 핏발이 섰다.

그 핏발은 눈동자를 벗어나 눈 주위로 퍼져 나갔다.

"크크크크크!"

야현은 더욱 진한 웃음을 터트리며 만년빙정에 더욱 뜨거운 화염을 밀어 넣었다.

* * *

서방의 그 시각.

하로스 왕국, 국왕 집무실에 국왕 아르센 3세와 길틴 공작, 그리고 초량이 자리하고 있었다.

초량은 야현, 갈리오스 공작의 참모이자 대리인 자격으로 이 자리하고 있었다.

"쵸 백작이라 하였는가?"

"그러하옵니다, 전하."

야르센 3세는 담담한 웃음으로 일관하는 초량을 빤히 쳐다보다 길틴 공작과 눈을 마주했다.

"갈리오스 공작은 무얼 하기에 경이 온 것이오?"

"주군께서는 가문의 일이 있어 부득이 소인이 온 것이옵니다. 며칠 내로 오실 것이옵니다."

평온한 대답에 야르센 3세는 고개를 살짝 끄덕이며 입을 열었다.

"사정이 그렇다 하니 어쩔 수 없지."

이 상황이 썩 마음에 들지 않지만, 전권을 가지고 온 만큼 더는 책을 잡을 수만은 없었다.

"역시 이번에도 갈리오스 공작령에서 지원하는 군은 기사단 2대요?"

"그러하옵니다."

길틴 공작은 껄끄러워지는 분위기를 파악하고는 화제를 빠르게 돌렸다.

그러나 막상 대화를 돌렸지만, 더 이어갈 말은 없었다.

"동방의 이교도들이 신성제국으로 쳐들어갔다고?"

"그러하옵니다."

"그렇다면 슬슬 병력을 파병해야겠군."

야르센 3세와 길틴 공작은 초량을 짧게 일견하고는 신성제국 파병에 관한 사안을 논의해 나갔다.

"내일쯤 신성제국과 인접한 버나드 왕국 크로젠 백작령으로 워프 게이트진 개방 요청과 함께 출전하려 하옵니다."

"주군께서 이리 전하라 하였사옵니다."

초량이 둘 사이의 대화에 끼어들었다.

당연히 야르센 3세와 길틴 공작의 얼굴에는 불쾌감이 드러났다. 초량은 그럼에도 아랑곳하지 않고 제 말을 이어갔다.

"열에 아홉은, 신성제국이 이교도들에게 침범당한 소식을 들은 날을 기점으로 이삼 일 안으로 준비된 병력을 파병할 것이다. 그리고 빠르지도 늦지도 않게 참전할 것이다. 그러면 이렇게 전하라 하였사옵니다."

야르센 3세는 미간을 찌푸렸고, 길틴 공작은 표정을 굳혔다.

"그 결정은 득보다 실이 많을 것이라, 하였사옵니다."

"그리 전하라 했다면 이유도 전하지 않았는가?"

"유라 대륙에서 신성제국의 멸망을 바라는 왕들이 그렇지 않은 왕들보다 많다."

노골적인 말에 야르센 3세의 얼굴은 급격히 굳어졌다.

"어찌 그런 망발을 내뱉는가?"

그리고 길틴 공작은 초량에게 호통쳤다.

"그렇게 생각하신다면 갈리오스 공작가의 병력은 빠지겠사옵니다."

초량은 야르센 3세를 보며 말했다.

아니, 물었다.

"그만하게."

야르센 3세는 길틴 공작을 말리고는 초량을 직시하며 물었다.

"그 말이 맞다. 맞으나……."

"이교도에 짓밟혀도 신성제국은 멸망하지 않는다. 교황이 죽어도 신성제국은 사라지지 않는다. 다만 왕들 위에 군림하는 황제가 사라질 뿐."

초량은 눈을 부리부리하게 뜨며 마지막 말을 내뱉었다.

"새로운 황제가 탄생할 것이며, 이미 그 패권을 향한 싸움은 시작되었다. 여기까지입니다."

초량은 부리부리한 눈을 풀었다.

상당한 충격을 받은 듯 야르센 3세는 등받이에 털썩 몸을 기댔고, 길틴 공작은 입을 쩍 벌렸다.

"소인이 한 말씀 올려도 되겠사옵니까?"

대답은 없었다.

"진정한 싸움은 지금이 아니라 신성제국이 무너진 다음이옵니다."

초량은 부드러운 미소를 지으며 말을 마쳤다. 그 웃음은 왠지 야현을 닮아 있었다.

그리고 동방의 그 시각.

편평한 바닥과 달리 우둘투둘한 천장의 깊고 큰 동굴 공동.

그 중앙에 넓이 석 자에 높이 반 자가량 될 법한 거대한 무쇠솥이 놓여있었다.

거대한 솥 안에는 걸죽하고 시커먼 물이 담겨 있었다.

언뜻 녹빛도 비치는 검은 액체에서는 코끝을 찌르는 악취도 풍겼다.

독물이었다.

독물이 가득 담긴 가마솥 중앙에는 놀랍게도 한 사내가 앉아 있었다.

머리카락 하나 없는 민머리 사내의 피부는 흑귀자(黑鬼子)처럼 검었다.

아니, 그들보다도 더 검었다.

검은 피부의 사내는 다름 아닌 당림이었다.

몸에 털 하나 남지 않은 이유는 당연히 독 때문이었다.

부글부글— 폭, 폭폭!

마치 거대한 가마솥 밑에서 장작이라도 때우는 것처럼 당림을 둘러싼 독물이 갑자기 끓어올랐다. 하지만 열에 의해 끓는 것은 아닌 듯 수증기는 피어나지 않았다.

마구 요동치던 독물이 어느 순간부터 당림을 중심으로

돌기 시작했다.

아울러 독물의 짙은 검은색이 조금씩 옅어져 갔다.

그러기를 얼마나 시간이 흘렀는지 모른다.

다만 조금씩 옅어져 가던 독물이 정화수처럼 맑게 변한 것으로 보아 오랜 시간이 흐른 것만은 확실하다.

“흡!”

석상처럼 가부좌를 틀고 앉아 있던 당림이 갑자기 들숨을 마셨다.

“크하아—.”

일 각쯤 후 당림은 날숨을 내쉬며 눈을 떴다.

눈동자뿐만 아니라 눈자위까지 검게 변해 있어 눈을 떴는지 육안으로 분간이 어려울 정도였다.

첨벙—

눈을 뜬 당림은 천천히 자리에서 일어섰다. 그리고는 양팔을 벌리며 주먹을 불끈 쥐었다.

팍!

그리고 활짝 폈다.

사아아아아—

그러자 양손에서 검은 연기가 뿜어져 나왔다.

독의 기운이자 안개인, 독무였다.

독무는 당림을 중심으로 뱀이 똬리를 틀 듯 그의 몸을

휘감았다.

ㅊㅊㅊㅊㅊㅊㅊ—

독무가 좀 더 광범위하게 퍼져 나가자 가마솥이 흐물흐물해지더니 녹아내렸다.

가마솥뿐만 아니라 주위 벽면과 바닥도 매한가지였다.

스으으으—

주위를 모두 녹여버린 독무는 제 할 일이 끝났다는 듯 서서히 몸집을 줄여가더니 당림의 몸으로 완벽히 스며들었다.

한참을 눈을 감고 자신의 힘을 음미하던 당림이 천천히 눈을 떴다.

검은 눈자위가 서서히 흰색으로 변해 갔고, 눈부터 시작해 당림의 피부는 제 색을 찾아갔다.

다만 변하지 않은 것은 머리카락을 비롯한 몸의 털이었다.

당림은 자신과 독물을 담고 있던 가마솥을 내려다보았다.

독에 울퉁불퉁하게 녹았지만, 어느 정도 솥의 형태는 유지하고 있었다.

당림이 가볍게 손을 휘젓자 가마솥 한 부분이 급격히 녹아들며 무쇠가 바닥으로 휘어져 내렸다. 솥 한쪽이 무너지자 가득 담겨 있던 물이 바닥으로 쏟아져 내렸고, 당림은 마치 계단을 내려가듯 휘어져 내린 솥을 밟고 바닥으로 내려왔다.

익숙한 걸음으로 동공을 나섰고, 얼마 걷지 않아 동굴을 단단히 틀어막고 선 쇠문이 나왔다.

당림은 쇠문에 오른손을 가져다 댔다.

츠스스스스!

당림의 손과 쇠문 사이에서 독 특유의 시큼한 냄새와 더불어 쇠의 비릿한 냄새가 뒤섞인 연기가 피어났다. 그리고 쇠문도 가마솥처럼 당림의 독을 이기지 못하고 쇳물이 주르르 흘러내리며 커다란 구멍이 만들어졌다.

폐관 연공실 밖 풍경을 바라보며 당림은 미소를 드러냈다.

* * *

한빙관 앞에는 이백 명의 북해빙궁 무인들이 겹겹이 반원 진을 형성하고 있었다. 그들의 시선이 향한 곳은 굳게 닫힌 한빙관 석문이었다.

"이제 시간이 다 되었군."

빙후가 가볍게 몸을 날려 한빙관 석문 앞에 내려섰다.

"모두 준비하라!"

폭설대주의 명에 폭설대뿐만 아니라 한풍대, 살풍대 역시 단단히 검을 움켜잡으며 곧 열릴 한빙관 석문을 노려보았다.

팡!

석문을 비롯한 동공이 한차례 크게 흔들렸고, 그 여파로 부서진 돌덩이들이 우르르 떨어졌다.

"……!"

빙후의 눈이 부릅떠졌다.

이어진 불길함에 눈동자가 요동쳤다.

마음을 수습할 시간도, 생각을 이어갈 여유도 없이.

그그그그그극!

한빙관 거대한 석문이 서서히 열리기 시작했다.

'어, 없다!'

석문이 열리며 가장 먼저 느껴져야 할 냉기가 전혀 느껴지지 않았다.

착각인가 싶어 한 걸음 다가섰지만 냉기는커녕 오히려 따뜻한 열기가 느껴졌다.

착각이 아니었던 것이다.

빙후는 위험을 무릅쓰고 한빙관 안으로 몸을 날렸다.

챙그랑—

한빙관 내부를 본 빙후는 벼락을 맞은 듯 한차례 몸을 떨며 움켜잡고 있던 검마저 바닥에 떨어뜨리고 말았다.

사막에 들어선 것처럼 후끈한 열기.

메마른 호수.

“어, 어떻게 이, 이런 일이…….”

빙후의 눈에 메마른 호수 중앙, 만년빙정이 있던 자리에 선 한 사내를 발견했다.

야현이었다.

“크크크크.”

야현은 웃었고, 빙후는 그 웃음에 이끌려 야현을 바라보았다.

붉은 동공.

색이 물들 듯 빙후의 눈동자도 붉게 변했다.

〈다음 권에 계속〉

신룡의 주인
『더스크 하울러』, 『환수의 주인』의 작가!
태선 판타지 장편소설
알테리온가의 막내아들 샨,
알에서 태어난 특급 용 카이.
평범하지 않은 둘의 좌충우돌 학교생활이 시작된다!

가우리 신무협 장편소설
대한민국, 강철의 열제 가우리가 돌아왔다!
전쟁터에서 필사적으로 굴러먹던 인간 장무위,
그에게도 마침내 기연이 찾아왔다.
삼류도 되지 못했던 한 남자의
처절한 일대기가 이제 시작된다.
dream books
드림북스

사도연 신무협 장편소설
ORIENTAL FANTASY STORY & ADVENTURE
용을 삼킨 검
『천마본기』의 작가! 사도연 신무협 장편소설!
《용을 삼킨 검》
네이버 N스토어 에서 미리 만나보세요
dream books
드림북스

권이백 신무협 장편소설

독공의 대가

짜임새 있는 전개,
유쾌한 이야기로 독자들을 사로잡다!

사냥꾼이자 독인, 두 가지 정체성을 지닌 소년 왕정.
전대미문인 그의 독공지로(毒功之路)에 주목하라!

dream books
드림북스